倪匡奇情作品集

木蘭花傳奇 7

神鬼交鋒

（含：電子盜、對決）

倪匡 著

目錄

電子盜

對決

【總序】

木蘭花VS.衛斯理——倪匡奇幻系列的兩大巔峰

秦懷玉

對所有的倪匡小說迷來說，《衛斯理傳奇》無疑是他最成功、也最膾炙人口的作品了，然而，卻鮮有讀者知道，早在《衛斯理傳奇》之前，倪匡就已經創造了一個以女性為主角的系列奇情故事，甫出版即造成大轟動，《木蘭花傳奇》遂成為倪匡眾多著作中最具特色與最受讀者喜愛的兩大系列之一；只因衛斯理的魅力太過強大，使得《木蘭花傳奇》的光芒被掩蓋，長此以往被讀者忽視的情形下，漸漸成了遺珠。

有鑑於此，時值倪匡仙逝週年之際，本社特別重新揭刊此一系列，希望藉由新的編排與介紹，使喜愛倪匡的讀者也能好好認識她。

《木蘭花傳奇》是倪匡以筆名「魏力」所寫的動作小說系列。原載於香港新報及《武俠世界》雜誌，內容主要是以黑女俠木蘭花、堂妹穆秀珍及花花公子高翔三人所組成的「東方三俠」為主體，專門對抗惡人及神秘組織，他們先後打敗了號稱「世界上最危險的犯罪集團」的黑龍黨、超人集團、紅衫俱樂部、赤魔團、暗殺黨、黑手黨、血影掌，及暹羅鬥魚貝泰主持的犯罪組織等等，更曾和各國特務周旋、鬥法。

如果說衛斯理是世界上遇過最多奇事的人，那麼打擊犯罪集團次數最高的，即非東方三俠莫屬了。書中主角木蘭花是個兼具美貌與頭腦的現代奇女子，在柔道和空手道上有著極高的造詣，正義感十足，她的生活多采多姿，充滿了各類型的挑戰；她的最佳搭檔：堂妹穆秀珍，則是潛泳高手，亦好打抱不平，兩人一搭一唱，配合無間，一同冒險犯難；再加上英俊瀟灑，堪稱是神隊友的高翔，三人出生入死，破獲無數連各國警界都頭痛不已的大案。

若是以衛斯理打敗黑手黨及胡克黨就得到國際刑警的特殊證明文件的標準來看，木蘭花在國際刑警的地位，其實應該更高。

相較於《衛斯理傳奇》，《木蘭花傳奇》是入世的，在滾滾紅塵中演出令人目眩神搖的傳奇事蹟。衛斯理的日常儼然是跟外星人打交道，遊走於地球和外太空之間，事蹟總是跟外星人脫不了干係；木蘭花則是繞著全世界的黑幫罪犯跑，哪裡有犯罪者，哪裡就有她的身影！可說是地球上所有犯罪者的剋星！

而《木蘭花傳奇》中所啟用的各種道具，例如死光錶、隱形人等等，一如倪匡慣有的風格，皆是最先進的高科技產物，令讀者看得目不暇給，更不得不佩服倪匡驚人的想像力。

尤其，木蘭花等人的足跡遍及天下，包括南美利馬高原、喜馬拉雅山冰川、北極、海底古城、獵頭族居住的原始森林、神秘的達華拉宮及偏遠隱密的蠻荒地區等，讀者彷彿也隨著木蘭花去各處探險一般，緊張又刺激。

《衛斯理傳奇》與《木蘭花傳奇》兩系列由於歷年來深受讀者喜愛，書中主要角色逐漸由個人發展為「家族」型態，分枝關係的人物圖越顯豐富，好比《衛斯理傳奇》中的白素、溫寶裕、白老大、胡說等人，或是《木蘭花傳奇》中的「天使俠女」安妮和雲四風、雲五風等。倪匡曾經說過他塑造的十個最喜歡的小說人物，有三個在木蘭花系列中。白素和木蘭花更成為倪匡筆下最經典傳奇的兩位女主角。

在當年放眼皆是以男性為主流的奇情冒險故事中，倪匡的《木蘭花傳奇》可謂是開創了另一番令人耳目一新的寫作風貌，打破過去女性只能擔任花瓶角色的傳統窠臼，以及美女永遠是「波大無腦」的刻板印象，完美塑造了一個女版〇〇七的形象。猶如時下好萊塢電影「神力女超人」、「黑寡婦」等漫威女英雄般，女性不再是荏弱無助的男人附庸，反而更能以其細膩的觀察力及敏銳的第六感，來解決各種棘手的難題，也再一次印證了倪匡與眾不同的眼光與新潮先進的思想，實非常人所能及。

《女黑俠木蘭花傳奇》共有六十個精彩的冒險故事，也是倪匡作品中數量第二多的系列。每本內容皆是獨立的單元，但又前後互有呼應，為了讓讀者能更方便快速地欣賞，新策畫的《木蘭花傳奇》每本皆包含兩個故事，共三十本刊完。讀者必定能從書中感受到東方三俠的聰明機智與出神入化的神奇經歷，從而膾炙人口，成為讀者心目中華人世界無人能敵的女俠英雌。

電子盜

1 罪惡城市

一輛有著警方標誌的黑色大房車，以異樣的速度，穿過了紅燈，停在一幢新建好的摩天大廈之前。車中跳出來三個人。

走在最前面的一個是高翔，跟在他後面的是兩個刑事偵緝科的高級警官，他們三人的臉上，都帶有憤怒和焦急的神色。

他們衝進了大廈，這時，正是早上上班的時候，大廈的入口處，人來人往，十分擁擠，幾部升降機前，更是等滿了人。

高翔和那兩個高級警官在升降機面前轉了一轉，便由樓梯間走上去，他們一直奔上了八樓，才喘著氣，停了下來。

八樓是一間規模十分巨大的建築公司整個佔用的。

當高翔和那兩個警官出現的時候，所有的職員都靜了下來，這些職員本來正是在三五成群，低聲地交談著的，而每一個人的臉上都現出十分緊張的神色。

高翔一出現，一個高級職員立時迎了上來，道：「三位請到總經理室去，總經理已經來了，他正在等著三位，請，請！」

高翔跟著那職員穿過了許多寫字檯，和放滿了樓宇模型的陳列室，到了總經理室的門前。

那職員還未曾打開門，總經理室的門便已拉了開來，一個十分瘦削，但臉上充滿了精明能幹的神氣的中年人，已站在門前，高翔一眼便認出他來了，他便是本市的大建築商，天堂置業公司的董事長兼總經理——龐天。

經龐天的建築而聳立在本市各地的大廈，至少有七八十座之多，他的財產，不消說也是極其驚人的，但是他卻不像一般的市儈那樣徵色逐酒，仍然十分努力，孜孜於發展他的事業，所以天堂置業公司才能在本市建築業中佔據第一把交椅。

但這時，高翔卻並不與他多寒暄，只是略一點頭，便抬起頭來，向他的辦公室中看去，那是一間十分寬大華麗的辦公室。

牆上，全是鑲著桃木的，一張老大的桃花心木的辦公桌，左首一列，全是天堂置業公司經營的樓宇模型，右首，是一組真皮的沙發。

在高背真皮的辦公椅之後，是一幅大油畫，畫的是本市的景色，當然，其中也少不了天堂置業公司所經營的大廈。

地上，則鋪著軟綿綿的地毯。

高翔大踏步地向前走出了幾步，面上不禁現出了疑惑的神色來，道：「咦，保險櫃不是在你的辦公室之中的麼？」

「是在我的辦公室中，」龐天望著高翔，「閣下是——」

高翔取出了證件，交給龐天，龐天看了一看，連忙「喔」地一聲，道：「原來是高主任，高主任你親自來了，那太好了。」

隨高翔進來的兩個警官，已順手將總經理室門關上，龐天向一張靠牆而放的沙發指了一指，道：「保險櫃就在這張沙發的後面。」

一個警官走到那張沙發前，想去將那張沙發移開，但是那張沙發卻一動不動，那警官有些狼狽地轉過了頭來。

「沙發是搬不開的，因為它經過特殊的裝置，要搬開沙發，要經過電子機關的控制，控制的機關，在我的辦公桌上。」

龐天來到他的辦公桌旁，移開了一個大型雲石筆座，在筆座的下面，有著二十六個英文字鍵，每個字鍵，大約是一平方公分大小。

「這又是什麼作用？」高翔問。

「要掌握一句密碼，才能移開沙發。」龐天解釋，「那句密碼，只有我一個人知道，是我選定的密碼，它是：『一天要是有四十八小時就好了』！」

龐天一面說著，一面便在那二十六個字鍵上迅速地敲出一句話來，他顯然是敲熟了這句話的，因為他的手法極其快速。

在龐天停手的時候，那張沙發便自動地向前移出了五呎，而牆上也出現了一個保險櫃的門。

龐天望著高翔，似是希望聽聽他的意見。

「嗯，」高翔想了一想，「你說這句話只有你一個人知道？難道裝置這個設備的工程人員，他們也不知道麼？」

「他們是不知道的，因為這套裝置，密碼可以由購買這套裝置的人自行選擇，最後一道裝置手續也由選定密碼的人自己動手，是以我可以說是世界上唯一知道這密碼的人。」龐天的語氣十分肯定，絕不使人懷疑他所講的話的真實性。

龐天講完，又苦笑了一下，道：「但是，顯然除了我之外，另外還有一個人知道這句話，要不然，保險櫃在昨晚就不會被人打開了！」

高翔也苦笑道：「龐先生，請你再打開保險櫃來，這保險櫃的開法，當然也是十分複雜的了，我猜得可對麼？」

「是的，保險櫃上的鎖，是一個義大利鎖匠特製而成的，總共是三組自一到零的號碼，要三組號碼都撥對了，才能打得開。」

高翔本來是開保險櫃的大行家，可是他一聽到「義大利鎖匠特製」的這句話，便不禁暗暗地皺了皺雙眉。在他過去的紀錄中，只有三具保險櫃是他未曾打開來的，那三具令得他失敗的保險櫃，他事後知道，都是出自那個義大利鎖匠之手。

也就是說，眼前這具保險櫃若是由他來開啟，他也是會失敗的，何況，如果移不開那張沙發的話，根本不能發現保險櫃。

照理來說，那樣的一具保險櫃，一定是極之安全，絕不可能被人打開的了，但是昨天晚上，它卻被人打了開來！

高翔思緒混亂地想了片刻，道：「龐先生，再請你將保險櫃打開來看看。」

龐天向前走去，他用一根小小的金屬籤，在三行數字上撥著，一面道：「第一行數字是〇三六五三六五三六五，這很好記，因為一年是三百六十五日。第二行數字是〇〇〇〇〇〇〇一二，也很好記，一年是十二個月，第三行數字，則是兩行數字相乘的積，那根本不必去記，只消撥好了兩行數字之後，將之相乘就是了，那是四三八四三八四三八〇。高主任，若是要憑偶然的因素，想打開這保險櫃，你看機會是多少？」

「那幾乎等於零！」

15 神鬼交鋒

「這樣說來，」龐天拉開了保險櫃的門，「你以為一定有人知道了這三組數字，所以才能打開這只保險櫃來的了。」

「當然是！」高翔肯定地回答。

他向保險櫃內望去，只見櫃中十分凌亂，空蕩蕩地，顯然，保險櫃中的東西，在昨天晚上保險櫃被打開之際，已被人可怕地移動過了。

「請問，損失的數字是多少？」一位警官問。

「現鈔是一百零七萬，因為明天是發工錢的日子，二十幾個地盤的工人全都要發工資；還有一部分外幣，不過最重大的，還是一串鑽石項鍊，那條鑽石項鍊是從荷蘭訂來的，訂價是十六萬英鎊。」

龐天不斷的搖著手，表示可惜。

「這條鑽石項鍊是——」

「是我送給女兒二十歲生日的禮物。」

「龐先生，」高翔道：「這生日禮物不是太貴重了麼？」

「以我的身分來說，並不。」龐天傲然地說。

高翔不再說什麼了，他默計了一下，損失的數字是相當大的。

但是龐天顯然不在乎這一些，他所感到不高興的，只是那一條項鍊，因為他不能再買到一條同樣的項鍊來送給他的女兒了。

高翔和那兩個警官低聲商議了一陣，才轉過身來。

「龐先生，」高翔沉聲道：「和你這裡發生的事情相同的案件，這個月已有四宗了，我首先向你保證，警方正在盡力查這些案子。」

「有四宗了，怎麼報紙沒有消息。」

「從第一宗這樣的案件發生起，我們就想到事情太不尋常，所以並沒有向外發佈消息，你知道第一宗案件的失竊者是誰？」

「誰？」

「是連奧爵士，銀行總裁。」

「他？他的銀行遭到了盜竊？」

「不是，是他私人辦公室中的保險櫃，其嚴密不下於你的保險櫃，但是卻在晚上被人打開，失竊了一大批美鈔和少許英鎊。」

「這樣來說，是有一個集團正在從事這種工作了？」

「抱歉得很，」高翔不禁有些慚愧，「我們直到如今為止，一點線索也沒有，而且，連你這宗在內，一連四宗，被打開的保險櫃，和你的一樣，都是絕不應該被打開來的，而且，現場又沒有使用暴力的跡象，全是循正常的途徑打開來的。」

「高先生，你的意思是——」

「龐先生，我當然不會懷疑你，你是天堂置業公司的董事長，如果說你會監守自盜的話，那太可笑了，一個人會自己偷自己的錢麼？」

「而且，昨天晚上都有人看到我，我有……應該怎麼說……是有不在現場的證明，是不是？」龐天苦笑了一下。

那兩個警官開始了例行的工作，他們在檢查指紋，拍照，高翔則站在窗前，望著下面的街道，腦中一片凌亂。

高翔的腦中，當真凌亂得可以。

令得他心亂的，並不光是一個月之內接連發生了四宗盜案，每一宗的損失數字，都是在百萬以上，而且還因為這四宗盜案，都發生在幾乎不可能發生的環境之中，一點暴力的跡象也沒有，全是循正當的途徑將保險櫃打開來的！

高翔在未曾投入警方之前，也做過高來高去的沒本錢買賣，而這四宗案子，高翔都是自嘆不能做到的，也就是說，做這件案子的人，能力在他之上！

他不能想像這是什麼樣的一個人。

照理說，有這樣的「高手」在本市活動，高翔是應該知道的，但是，從第一宗案件發生到現在，已有十多天了，高翔卻是一點線索也沒有！

案子接二連三地發生，他卻毫無頭緒！

這是公然對警方的挑戰！

更糟糕的是，高翔連那個神通廣大的竊賊，是由什麼地方打開要掌握重重密碼才能打得開的保險櫃的這一點，都不知道！因為四宗案件中，被打開的保險櫃的密碼，都是只有一個人知道而已，而知道密碼的人，自己又是絕不會監守自盜的！

高翔呆呆地站了好一會，那兩個警官才來到了他的身後，道：「高主任，例行的工作全都做好了，我們下一步怎麼樣？」

高翔轉過身來，走到龐天的面前，道：「龐先生，我向你請求一件事，你們這裡發生的事情，請你答應我保守秘密。」

「為什麼要保守秘密呢？」

「那是一項請求，是為了警方的面子。」

「嗯……可以的，但是，我也有一個請求。」

「請說。」

「我已答應我的女兒，在她二十歲生日的時候，送她一件最出色的禮物，但是我現在想不出還有什麼別的東西，可以比那條鑽石項鍊更出色的禮物，我也沒有時間去準備禮物了，因為七天之後，就是我女兒的生日，所以，我希望——」

「你希望在你女兒生日之前，將這條鑽石項鍊找回來，是不是？」高翔無可奈何地接著說。

「是的，辦得到麼？」

「龐先生，你的請求，我們只好說盡力而為，我實在沒有法子肯定地答覆你，」高翔苦笑道：「因為我們直到如今為止，一點線索也沒有。」

「那麼，如果我的女兒失望了，我就不免要大肆攻擊警方了，你知道，我的女兒如果失望，對我來說，是最大的打擊！」

「我能體諒你的心情，我當盡力而為。」

「你為什麼不去請木蘭花和穆秀珍兩位女黑俠相助？為什麼？警方該承認自己無能，而去求助於人，這還要什麼面子？」

高翔嘆了一口氣，道：「如果她們兩人在的話，我早已去找她們了。但是她們上次中毒之後，一出院，就到南太平洋去度假了。現在，她們正在南太平洋的一個小島之上，我——」

高翔一說到這裡，陡地頓了一頓，他想起來了，他可以去找木蘭花姐妹，因為他知道她們兩個人在什麼地方。

但是，為了幾件竊案，難道就去驚動她們麼？

高翔想了片刻，才道：「好的，如果真沒有辦法的話，那麼我一定去請她們兩人回來，我們一定盡力不使你失望的。」

「那麼，在七天之內，我答應保守秘密。」

高翔和那兩個警官告辭，龐天很禮貌地送了出來。

高翔的腦中幾乎一直在「嗡嗡」作響，那兩個警官則向他報告了檢查到的一切，其實，那是什麼也沒有的報告：沒有可疑的指紋，沒有任何的東西遺下，沒有任何地暴力行動，一切看來全是極之「正常」的，就是保險櫃被打開，東西不見！

一連四宗這樣的無頭案，可以肯定地說，這會有第五宗、第六宗，而失竊的全是本市最有地位的工商界鉅子，警方不能永遠要他們甘受損失，而不將受損失的事洩露出去。而一為市民所知，警方一定大受攻擊，高翔要龐天保守秘密，也是為了這一點！

因為，兩年一度的大選日就要到了，警方一受攻擊，市政府自然也受到牽連，那麼反對黨方面便可以趁機大肆渲染了。

由於本市是一個國際萬商所集的大都市，形形式式的歹徒都想在這裡活動，但受到本市警方的遏制，不能暢所活動，高翔已經聽到消息說，有一個包括了各方面犯罪集團代表的新組織，正在支持反對黨中的一個得力分子，在反對黨競選獲勝後，便由那個得力分子來出面主持本市的警政。

反對黨勝選的希望本來是十分低的，但如果這幾宗巨竊案被公佈了出來，而警方居然一點辦法也沒有時，那就很難說了！

而如果讓那個不良分子來掌握了本市的警政，那麼，本市不消多久，便成為世界上最大的罪惡城市了，牽一髮而動全身，關連是如此之大，怎能不令得高翔擔心？

當他坐在辦公室中的時候，他聽取各方面的報告，但是所有的報告幾乎都是一樣地令人洩氣，沒有進展，沒有發現。

高翔苦苦地思索著，他知道，要解決這些案件，關鍵是在於那個盜賊，是用什麼方法掌握了極度機密的保險櫃密碼的！

當第一宗案件發生的時候，他曾經調查過連奧爵士周圍的人，但第二宗，第三宗案件接連發生的時候，他便放棄了這種調查。

因為，一個人即使親近連奧爵士，到了連奧爵士竟會在無意之中向他透露密碼，那已是不容易的事了，他絕不可能再在龐天的口中得到密碼的。

而且，這些工商界的鉅子又都是如此精明能幹的人，又怎麼會將最機密的保險櫃密碼講給第二個人知曉呢？這又是不可能的。

那麼，是從製造廠方面獲得密碼的麼？可是四宗案件的保險櫃都要經過幾道手續，而幾道手續是由不同的廠家製造的，有可能是幾個廠家同時將秘密洩露出去的麼？那更是不可能的。

不是用密碼，是用別的方法打開的麼？現場的情形又似乎不可能。不可能，不可能……每一個假設都是不可能！

沒有一條想得通的道路！

處處碰壁，一點頭緒都沒有，高翔正不知從什麼地方著手才好。

由於第四宗案件的發生，高翔只得到了一點啟示：第五宗案件可能發生。

所以，高翔只能用一種最愚蠢的辦法：他派出了許多幹探，在本市工商業鉅子的住宅和辦公室之旁進行暗中監視。

他希望那個大盜在進行第五宗案件時，被他所派出的探員看到，那麼，就可能有最直接的線索了。

但這卻是最愚蠢的辦法，因為本市的巨富是如此之多，哪有可能每個地方都派一個探員去？而一個探員又不可能是日夜監守的！

高翔作了這個安排之後，已經是下午了。

23 神鬼交鋒

他一個人在辦公室踱來踱去，他將四件案子都綜合了一下，發現有一個共同的特點，那便是：保險櫃的裝置都是第一流的，但正因為保險櫃的裝置好，所以其他的防衛也就不怎麼小心，也就是說，要到達保險櫃旁邊，是十分容易的。

所以，一個人如果掌握了開啟保險櫃的方法，他要在晚上去打開保險櫃，那是非常容易，沒有任何危險的。

關鍵還是在那盜竊者為何會知道開啟保險櫃的密碼！

高翔的腦中亂成一片，嗡嗡嗡地直響。

下午，在方局長召見了他，詢問他是不是有什麼新的發展之後，高翔決定了，他要和木蘭花通一個長途電話。

海灘上的沙是細而白的，柔軟的像雪花一樣。

躺在這樣的沙上面，任由海水溫柔地一下又一下慢慢地沖上身子，又欣賞著雪白的海鷗和碧藍的大海，那真是賞心樂事。

木蘭花和穆秀珍兩人在一頂大的遮陽傘下，穆秀珍的身邊，有著一大堆奇形怪狀的貝殼，那是她在沙灘上撿來的。

木蘭花則望著海天一色的美景沉思著。

她們的健康已完全復原了，復原到了她們剛游了幾百碼也並不覺得怎麼疲倦，這裡是遊覽勝地，海灘旁邊便是第一流的大酒店。

就在這時候，一個酒店的侍者走到木蘭花的身邊，恭敬地道：「小姐，有你的長途電話，是某市打來的。」

木蘭花像根本未曾聽到一樣，仍然望著遠處。

那侍者又講了一遍，木蘭花才懶洋洋地道：「我不接聽，你告訴他，我在休養，不想操心，所以不去聽電話了。」

「是。」侍者答應了一聲，退了下去。

「蘭花姐，是誰來的電話？」

「當然是高翔了。」

「為什麼不聽？」穆秀珍奇怪地問。

「你看，這裡的景色多麼好，如果一聽電話，那就要立即回去了。」木蘭花撥著細沙，「可是我卻不想回去。」

「我也不想回去，我要拾滿一百種貝殼才回去！」穆秀珍笑了笑，可是她看到那個侍者又急匆匆地走了回來。

那侍者來到她面前，道：「那位先生說，請穆秀珍聽電話，有十分要緊的事情，要不然，他是不會來打擾兩位的。」

穆秀珍望向木蘭花。

木蘭花笑道：「你自己決定好了。」

穆秀珍心想不去聽，可是又禁不住好奇心的作祟，她並沒有考慮什麼，便一躍而起，跟著那個侍者去接聽高翔的長途電話了。

木蘭花在穆秀珍離開之後，輕嘆了一口氣。她知道，自己悠閒的度假生活已然結束了！

這是個充滿詭詐鬥爭的世界，在這樣的一個世界中，她已過了好幾天世外桃源的生活，那還不心滿意足麼？

她閉上了眼睛，不多久，她甚至不必睜開眼來，就可以知道穆秀珍已經奔到她的身邊來了。

果然，穆秀珍人還沒有到，便叫道：「蘭花姐，蘭花姐！」

2 重大陰謀

「是什麼要緊的事情？」木蘭花懶洋洋地問。

「巨竊案！」穆秀珍奔到了近前，跪在沙上，「一連四宗，失竊的全是工商業的巨頭，保險櫃被打開，據高翔說，知道這些保險櫃密碼的，只有一個人，這簡直是一個謎。」

「高翔的話是不通的，當然是另外有人知道了密碼，才會打開保險櫃的，這算是大事麼？高翔也太過分了。」木蘭花站了起來。

「高翔說，這幾宗案件如果不破，那將影響大選的結果，而反對黨中的一個不良分子，正和幾個大集團勾結，準備在上臺之後把持警政。」

「那麼，你的意思是怎樣呢？」

「我？」穆秀珍笑了笑，「我贊成回去！」

木蘭花笑了起來，道：「我早知道會有這個結果了！」

她們並肩向酒店走去，兩個如此明艷照人的東方女子在人叢中穿過，吸引了無數羨慕和貪婪的眼光，直到她們回到酒店之中。

三小時後，她們登上了巨大的噴射客機，在起飛之前，她們在機場發了一封電報給高翔，告訴他，她們已啟程回來了。

當飛機在本市的機場上停下來時，高翔立時走上機場的車子，向跑道駛去，機門打開，他已等候在飛機的旁邊了。

當木蘭花和穆秀珍兩人下飛機的時候，高翔的臉上不禁有些發熱，她們正在度假，但由於自己沒有能力解決疑案，只好非把她們叫回來不可。

木蘭花姐妹登上了車，逕自駛出機場，木蘭花道：「秀珍，你駕駛車子，高翔，什麼事情，你詳細說一說吧。」

高翔望著木蘭花，卻道：「你曬黑了。」

「你是為了講這句話，才將我們叫回來的麼？」

「高翔，你怎麼不說我也曬黑了哩？」穆秀珍打趣的說。

她的話，令得高翔的臉上又現出十分尷尬的神色來，高翔吸了一口氣，開始敘述那四件案子。

第一件是發生在銀行家連奧爵士的辦公室中。

第二件是紡織業鉅子的私人保險櫃。

第三宗是一家大洋行的保險櫃。

第四件，是地產置業大王龐天的保險櫃。

高翔打開筆記本，將每一個保險櫃的幾道開啟密碼都講給木蘭花聽，他強調了憑技巧去開啟這些保險櫃，幾乎是沒有可能的——至少他自己就做不到。

木蘭花仔細地聽著，並不發言。

然後，高翔便開始敘述他偵查案件的經過，那是沒有多少話可以說的，幾句話就講完了，因為一點線索也沒有，毫無結果！

木蘭花在聽到高翔說，他估計還可能有第五宗竊案發生，是以派人在各巨富的住所和辦公室駐守時，搖搖頭道：「這是沒有用的。」

「我也知道沒有用，可是如今，除了這個辦法之外……」高翔苦笑了一下，「這有什麼別的辦法呢？我已經計窮了。」

「最近可有外地來的可疑人物？」

「沒有，而且我已和各地的警方聯絡過了，其他的地方都未曾發現過有這樣的竊案，他們都認為這樣的保險櫃是不可能被打開的！」

「那條鑽石項鍊呢？」

「沒有下落，可能不想脫手。」

「失竊的現鈔全是沒有記號的？」

「完全沒有。」

木蘭花不再出聲了，直到車子到了警局的門口，她才道：「請你立即帶我們到這四個地方去看一看，好給我有一點印象。」

「你不休息一會兒？」

「我已休息好久啦！」

高翔坐上駕駛位，一齊先到龐天的辦公室去。

因為龐天的保險箱是最近被偷竊的，而龐天的保險箱裝置又最嚴密，加上龐天絕對沒有「監守自盜」的嫌疑。

在龐天的辦公室中，木蘭花幾乎一句話也沒有講過，她只是不斷地檢查著有關保險箱的一切，將保險箱打開又關上，關上又打開，足足忙了兩個多小時，才在沙發上坐了下來。

龐天始終在一旁看著她，等木蘭花坐了下來，他才問道：「蘭花小姐，你看在我女兒生日的時候，失去的項鍊可以找到麼？」

木蘭花卻並不回答這個問題，而且，她只不過剛坐下來，便又站了起來，來到了龐天那張大寫字檯面前，拿起了那雲石筆座，翻來覆去地看了許久。

那個雲石筆座相當精緻，上面除了插著兩枝鋼筆之外，還有一個如拳頭大小的水晶球，水晶球的前一半，是晶瑩透澈的，後一半則是一具時鐘，兼有日曆和星期的設備，這個筆座當然是極其名貴的東西，也很切合龐天的身分。

木蘭花看了一會，又放了下去，她再用手去提那水晶球，那水晶球卻被她應手提了下來。

木蘭花的動作，看來是絕無意義的。

而且，她還更問出了一句沒有意義的話來。她道：「龐先生，這筆座你是什麼時候買的？」

「這個，」龐天皺了皺眉，「是這間辦公室的設計師一齊辦來的，蘭花小姐，你問這個，可是對案子有什麼幫助麼？」

木蘭花像是完全無視龐天不耐煩的態度一樣，她又問道：「這具鐘，最近可曾損壞，拿出去修理過麼？請你回答我。」

看情形，龐天的忍耐已到限度了，他大聲道：「沒有。」

「也沒有什麼人動過筆座？」

「這是我私人的辦公室，沒有我允許，是任何人都不准進來的，蘭花小姐，」龐天揮了揮手，「你淨問這些做什麼？」

「我當然要問，因為我不想龐小姐失望！」

木蘭花的這一句話果然見效，龐天又耐著性子道：「據我所知，當然沒有。」

「在竊案發生之前，你可有在這間辦公室中接見過什麼陌生的客人，請你詳細地告訴我，你不妨好好地想上一想。」

「這個，」龐天搖搖頭，「就很難說了，我們公司最近在建築一幢複式結構的花園洋房，是供給上層人士的需要，是以一連幾天來，來我辦公室洽購這幢建築的人相當多，我記不起來了，但他們全是衣冠楚楚的正人君子！」

「龐先生，你想，來偷百萬以上鉅款的人，會是衣衫襤褸的小偷麼？」木蘭花向門外走去，「龐先生，有消息，我們會來告訴你的。」

「那麼，那鑽石項鍊——」

「我相信警方會盡力替你找回來的。」

龐天雖然感到失望，但是，為了禮貌，他卻未曾使他的失望明顯地流露出來，他仍然十分有禮貌地送木蘭花、穆秀珍和高翔三人出了公司的門口。

三人一齊乘電梯下去，電梯中並沒有別人，高翔已忍不住道：「蘭花，你觀察了那麼久，可有什麼發現是有利於破案的？」

「高翔，你當我是福爾摩斯麼？」

「你雖然不是福爾摩斯，但是我想，你一定已得到些什麼心得了，是不是？」高翔很有把握地說。

升降機在這時停了下來。

「我想先回家去。」木蘭花簡單地說。

「我送你們回去。」

「高翔，如果你肯借車子給我們用一用，我們寧願自己回去，」木蘭花婉轉地說道：「我們剛從遠道回來，希望休息一下。」

「好，好，那我們什麼時候再見面呢？」

「晚上十時，你來我們這裡，好不好？」

「好，一言為定！」高翔目送著木蘭花和穆秀珍登上了他的車子，向前駛了出去，心中不禁黯然！

車子很快地便駛出了市區。

木蘭花將車子開得並不快，她顯然是一面駕車，一面正在沉思，所以連得穆秀珍在和她講話，她也全然未曾聽到。

穆秀珍問了幾次，不見木蘭花回答，她突然叫道：「蘭花姐，你看！」

她一面叫，一面手指突然向窗外指了一指。

木蘭花陡地轉過頭來，她立即明白了那是穆秀珍的惡作劇，她有點惱意地道：「什麼事？你別問那麼多，應該自己好好地想一想。」

「我想過了。」

「你想到了什麼。」

「蘭花姐，我講出來，你可不要吃驚。」

「你講好了，我心中所想到的，也是一件十分令人吃驚的事情，或許我們兩人所想的事不謀而合，也說不定的。」

得到了木蘭花的鼓勵，穆秀珍更興奮了許多，道：「我想了半天，這個人行事如此乾淨俐落，十分像是一個人的作風。」

「那個人是誰？」

「是——高翔！」

穆秀珍只當自己的話一出口，木蘭花一定要大表驚異，甚至罵自己荒唐了，可是木蘭花卻一點驚訝的表情也沒有！

「蘭花姐，你說有可能麼？」

「我也想到了高翔！」木蘭花安詳地說：「但是高翔早已洗手了，和我們又是好朋友，你想這幾件案子會是他做的麼？」

「我沒有說是他做的，只說行事作風像他！」

「這個人，是一個極其傑出的竊賊，秀珍，回到家中後，我立即要出去，有人來找我，你就說我在睡覺。」

「不行，我也要出去。」

「你知道我出去做什麼？你要去，你去好了，我留在家中看家。」

「我去就我去，」穆秀珍道：「去做什麼？」

「問遍本市所有的高級玻璃廠和光學儀器廠，去問他們，最近有沒有人來訂製一個半圓形的水晶球，直徑是四吋。」

「這個——」穆秀珍不禁遲疑了起來。

她本來以為木蘭花又要有什麼驚心動魄的事情幹，所以不肯錯過，可是如今一聽得是如此乏味的事情，她又想打退堂鼓了。

「什麼這個那個的，你自己講要去的，能不去麼？」

「去就去，」穆秀珍珍嘟起了嘴，「可是也得讓我知道，做這件事情有什麼意義，我做起來也好起勁一點啊！」

「這倒還合理，」木蘭花笑了起來，她知道，若是叫穆秀珍去做這件事，那麼穆秀珍一定諸般推託，不願意做，因而她故意叫穆秀珍看家，讓穆秀珍來「自投羅網」！便說：「你如果查到了有這樣的一個人，那這個人可能就是竊賊了！」

「為什麼？」

「我一看到龐天的辦公室，便覺得，如果不掌握密碼，那是絕不可能將保險櫃打開來的，但密碼卻又只有龐天一人知道。」

「是啊。」

「要打開保險櫃，必須掌握密碼，而要掌握密碼，你想想，可有什麼方法？」

木蘭花側著頭，望了穆秀珍一眼。

穆秀珍搖搖頭道：「想不出。」

「最簡單的方法呢？」

「當然是要龐天講出來。」

「那就難了，最簡單的辦法是，龐天在打開保險櫃的時候，他在旁邊看著，那麼，就可以將保險櫃的密碼記下來了。」

「是啊，龐天是傻瓜。」

「龐天當然不是一個傻瓜，但是卻可以不讓他知道。」

穆秀珍睜大了眼睛。

「我注意了龐天的動作，打開保險櫃的第一道手續是搬開筆座，將筆座放在一邊，再去按動字鍵，如果在筆座上裝有一架超小型的自動攝影機——」

「我明白了，那只裝在水晶球中的鐘！」

「不錯，那只鐘本來是用螺絲釘旋在筆座上的，但是我去看的時候，卻十分鬆動，一拿就拿了下來，那分明是裝上去的時候十分匆忙，不可能將之旋緊的原故，我估計，那人在事先將水晶球換去，利用自動攝影機拍得了龐天按字鍵的動作，和他撥動數字盤的動作，知道了密碼。而且，在事後，他又曾到龐天的辦公室去過，將之換下來！我還敢肯定那一定是白天，他公然來見龐天的時候進行的。要知道黑夜偷進龐天的辦公室，雖然不是難事，但是那人既然如此精明，必然不會一而再，再而三地冒險的！」

木蘭花一面說，穆秀珍一面便不住點頭。

「一切器材，有才能的人可以自製，但是我相信，水晶玻璃球是難以自己製造的，所以我才需要去調查，這是唯一的線索，你的任務十分重大！」木蘭花講到這裡，車子也到了家門口了，「你必須小心從事，立即就去進行吧！」

「好，我這就去！」穆秀珍興奮地說。

木蘭花下了車子，穆秀珍已駕車疾駛而去了。

木蘭花取出鑰匙，打開鐵門，在她緩緩地推開鐵門之際，只聽得一個聲音道：「好，一切都十分好。」

那聲音是一具答錄機發出來的。如果在木蘭花不在家中的時候，有人打開過鐵門，或是裝置在屋子周圍的警報器曾受過干擾的話，那麼她一推門，就會發出警示音：小心，有意外了。

木蘭花走了進去，順手關掉了一個掣。

她穿過小園子，再打開大門，答錄機的聲音又告訴她，一切平安，然後，木蘭花才直上二樓的臥室。

自從「奪命紅燭」一事之後，她行事更小心了，推開臥室的門後，她才肯定這幢房子空著的時候，並沒有什麼人來過這裡。

木蘭花坐了片刻，剛準備進浴室的時候，電話鈴忽然響了起來。木蘭花不禁呆了一呆，她回家還不到三分鐘，打電話來的是誰呢？

是高翔麼？可能是他。

木蘭花拿起了床頭櫃上的電話機。

「是蘭花小姐麼？」對方是一個陌生的聲音。

「是的，你是——」

「蘭花小姐，歡迎你回來。」那人並不說他是誰，「蘭花小姐，劫富濟貧，這是中國人傳統的美德，你認為對不對？」

木蘭花又怔了一怔。

這是什麼意思呢？實在太費解了。

她小心地回答，道：「在一定程度上來說是對的。」

「哈哈，那就好了。」對方笑了起來，「你既然這樣說，當然不會以為我的所作所為是不對的，也不會去為虎作倀的了，是不是？」

木蘭花的心中更加吃驚了。

這幾句話，聽來雖然隱晦，但是實際上，它是代表著什麼意思，可以說再明白也沒有了，對方正是那個連幹了四件巨案的人！

木蘭花心中暗讚了一句：好厲害！然而她卻裝著不知道對方的意思，只是反問道：「你是誰？我們好像很陌生是不是？」

「陌生，不會吧，我敢保證，在我未曾打電話來之前，你心中一定在想著我，是不是？蘭花小姐，我想你一定也明白我是誰了。」

「是的，我明白了。」木蘭花多少有一點狼狽，她頓了一頓，問道：「你打電話給我的目的，究竟是為了什麼呢？」

「我想來證明一下，我們的觀點是否一致，如今已證實是一致的，我很放心，我不是怕和你成為敵人，而是不希望我們會成為敵人。連奧爵士不在乎那批外幣，龐天也不在乎那一百萬和鑽石項鍊，蘭花小姐，你如果幫助警方的話，我要懷疑你的人格了。」

「你是在強詞奪理，先生——」

可是，對方卻沒有讓木蘭花再講下去、木蘭花只講了一句話，他便「卡嗒」一聲收了線，木蘭花呆了半晌，才放下電話。

從那個電話來看，那個人分明是以俠盜自居的了。

的確，誠如他所言，像連奧爵士、龐天這樣的人，損失一些金錢，是算不了什麼的，可是，整個社會秩序卻受到了搗亂。

像眼前的情形，就足以使不良分子有機會來接管警政，這當然是自名「俠盜」的人所想不到的，木蘭花本來是準備將這些講給他聽的。

可是，那人卻收線了。

木蘭花當然是無法找到那個人的，但同時，木蘭花卻下定決心，一定要找到那人，而且她還決定，在找到那人之後，第一件事，便是和那人通一個電話。

接下來的時間中，木蘭花不斷地和她的私家偵探朋友通著電話，委託他們調查有沒有出名的犯罪分子混入本市來。

木蘭花的本意，只不過是想知道那名幹了四件案子的人，是來自本市的，還是從外地來的而已。可是，她得到的答案，卻是令她吃驚的。

她得悉，世界各地的大組織最近派出了代表，在本市的鄰埠舉行了一個會議，這會議決定，盡一切力量支持反對黨，和捧出反對黨中的一個人來，以便在反對黨獲得選舉上的勝利之後，便由新的市議會通過這個不良分子主持警政。

會議是在極秘密的情形下進行的，但是紙包不住火，多少走漏了一些風聲。

據知，參加會議的有三個國際販毒組織的代表，還有一個代表，赫然是代表著一個極權統治政權的，這個政權在它的統治之下，種了不少罌粟，出產的毒品，急欲謀求銷路，所以它也派代表出席了這個會議，這個代表，竟然還是一個外交使節！

另外，還有七個不同性質的走私集團，一個偽鈔集團和幾個紅衫俱樂部的餘孽。據得到的有限資料說，有一兩個代表還是黑龍黨漏網的巨憝大惡！

這個會議準備使用巨大的人力、物力，將本市的警政奪到手中，好由得他們為非作歹，暢所欲為，這是一項重大的陰謀！

當然，憑著本市警方的優良紀錄，反對黨和不法分子的陰謀打算，本來是很難得逞的，可是，那幾件劫案卻恰好在這時發生！

木蘭花已初步有了一個假定：這個有著超人本領的傢伙，恰在這時候進行了這幾件大案，並不是偶然的，而是陰謀攻擊本市警方威信的行動！如果事情是這樣的話，那麼更是非將這個人立即找出來不可了，因為牽連實在太大了！

木蘭花的心中隱隱感到了一重隱憂，她覺得要在過百萬的居民之中找出一個絕無線索可循的人來，那是極其困難的事情，而龐天答應警方保守秘密的時間，又只有七天！

龐天如果一將消息透露出來，那麼，其餘三件案子當然是掩蓋不住的，到時，警方的聲譽掃地，選民不知就裡，自然會作另外的選擇了！

木蘭花自己告訴自己，這項工作應該快一點進行了！

她剛才在一個電話中得知，那個罪惡會議的主持者已經來到了本市，住在一所幽靜的洋房之中，木蘭花決定去拜訪他。

拜訪這個人，當然是一件十分危險的事情，但是卻可以弄清楚，這四件案子和那個罪惡的會議，是不是有著連帶的關係！

3 先下手為強

木蘭花到了工作室，取了幾件應用的東西，帶在身上，然後，駕車向她獲悉的那個地方駛去。

這個人來到本市，和他居住的地方，是一個極度的秘密，木蘭花相信連警方也不知道，而供給她這項資料的朋友，也是因為他有著「雙重身分」的原故，才偶然知道的。

所以，木蘭花知道那幢屋子的外面，大約不會有什麼戒備，但是一進入屋子之中，卻是相當危險，非憑著自己的機智行事不可。

她的車子，在十分鐘之後便進入了市區，然後，她循著一條曲折的山路向上駛去，又駛出了二十分鐘才停了下來。

那地方是在山上，隔老遠才有一幢房子，而所有的房子，全是極大的花園洋房，甚至還有古色古香的古堡式建築。

木蘭花下了車子，揀了一個隱蔽的地方躲了起來。

天色已漸漸黑了下來，木蘭花躲在樹叢之中，她已經看到了她要去的那幢屋子。

那幢屋子由一條斜路向上通去，大約還有四分之一哩的路程，這時，木蘭花取出了一具望遠鏡來。

那具望遠鏡為了便於收藏，是簡單型的，但是它的效能卻非常高，是五十乘五十的，也就是說，可以將距離縮為五十分之一，而且，望遠鏡有著紅外線觀察裝置，即使天色完全黑了，一樣可以用來觀察遠處的動靜。

木蘭花將望遠鏡湊在眼上，調整了焦距。

她看到了那幢房子的大門。

同時，她的心中也吃了一驚。

在大門的石柱上，掛著一塊銅牌，銅牌上的字，木蘭花可以看得很清楚，那竟是一個外交官員的辦公處！

當然，這個外交員官員實際上是沒有什麼事可做的，但這幢房子卻也算是外交機構。木蘭花更相信那罪惡會議中，有一個那極權統治集團的代表了！因為這個外交機構，正是那個統治集團的。

木蘭花移動著望遠鏡，向上望去。

她看到有兩間房間是亮著燈的，但是窗子都有窗簾遮著。當然，窗子之中在進行著一些什麼活動，她也是沒有法子知道的。

木蘭花等候了半小時，有燈光的仍是那兩間房間。

木蘭花開始向前走去。

她走得十分小心，到處都利用樹木遮蔽她的身子，當然她不是由路面上走去，而是從山中攀上去的，是以，當她接近那幢房子之際，是在那幢房子的後面。

木蘭花貼著圍牆，站了片刻，一抖手，拋出了一根繩子，繩端的鉤子立時鉤住了牆頭。

木蘭花用最快的身法拉著繩子，向上攀去。不到一分鐘，她的頭已越過了圍牆，可以看到圍牆之內的情形了。

木蘭花向內張望了一眼，連忙縮回了頭來，雙手一鬆，順著繩子迅速地向下滑來，落到了地上，靠著圍牆發呆。

剛才，她才一探頭間，看到圍牆裡面是一個很大的後院，而後院的地上，則蹲著七八頭極大的狼狗，那些狼狗，像是已知道有人攀牆而入一樣，都仰著頭向上望著，是以木蘭花向下一望間，只看到七八對閃著幽光十分恐怖的狗眼！

這七八頭狼狗分明是受過高度的訓練，因為牠們見到了人，居然也不吠叫，那是等人自投羅網後才撲向前來，將人撕成粉碎的了。

木蘭花身手矯捷，而且她明知此行十分危險，是以還帶著不少武器，要對付七八條狼狗，本來不是什麼困難的事情，但是這樣一來，勢必驚動了屋子中的人！

這是她極其不願的事情。

她知道那罪惡會議的主持人，化名葛利先生，是一個大販毒機構中的第二號人物，木蘭花並沒有他的資料，不知道他過去的歷史，但是可想而知，那化名為葛利先生的人，一定是極難對付的人物，她想要安全地退卻，必須一上來便佔上風！

而要一上來便佔上風，那便必須不被葛利先生知道，便突然出現在他的面前，攻他一個手足無措，那才是辦法！

如果她和狼狗搏鬥，驚動了屋中的人，那麼，她不是一出現便佔上風，而是一出現便落下風了。是以她一看到狼狗，便立時滑了下來。

木蘭花靠著圍牆站了片刻，一抖繩子，將鉤子抖了下來，貼著牆，向前走出了二十呎，她再度拋出繩子，再次爬了上去。

但是，當她一可以看清牆內的情形時，她立時滑了下來，狗的嗅覺是極其靈敏的，她在牆外的行動，牆內的狼狗早已知道了！所以當她探頭向牆內一看之際，她又看到了正對著她的七八對狗眼！

木蘭花立時又滑了下來，她驚異於這七八頭狗的一聲不出。

木蘭花的心頭，也在這時候陡地一動！

那幾頭狼狗是受過訓練的，這已是可以肯定的事了，那麼，牠們雖然不吠叫，難道發現了有生人，會不以別的方式告知主人麼？

當然會的！

而牠們不吠叫，會使來的生人誤以為屋主人還未曾發現自己，而留戀不去，更給屋主人以充分的時間對付來敵！

木蘭花一想到這一點，不禁大吃了一驚，她知道，自己已經處在一個十分危險的境地之中了，可能自己的四周圍早已伏滿了敵人！看來，今天晚上要進這幢屋子已是不可能的事情了，當之要務，還是如何離去最要緊！

木蘭花連忙收回了飛索。

她四面看了一下，四周全是黑漆漆地，有許多濃密的樹影，每一簇樹影之中，都可能有敵人躲著，自己必須當機立斷！

她幾乎沒有耽擱，便立時身子一側，向下滾了下去，那是一個十分陡峭的山坡，她的身子幾乎是向下直跌了下去的！

木蘭花的判斷並沒有錯誤，她的身邊，果然已有了敵人！而她突如其來的動作，顯然出乎敵人的意料之外！

木蘭花的身子才一滾下去，她便聽到了「嗤嗤嗤」幾聲響，有什麼東西急驟地在她的身上掠過，那自然是一種特製的武器了。

而木蘭花則已滾進了一叢灌木之中。

天色漆黑，木蘭花擠出了這叢灌木，再向下滾去，仗著矯捷的身手，在普通人可能一不小心摔個粉身碎骨的山中，她滾下了十來碼，然後，她不再行動，而在草叢之中伏了下來。

同時，她雙手也都握定了武器。

她知道自己躲在這裡，遲早會被人發現的，對方的狼狗便可以輕而易舉地找到她，但是由於那種異樣的「嗤嗤」聲自四面八方傳來，她知道自己已陷入了敵人的包圍之中，若是硬向外衝去，那是十分危險的一件事情。

在這樣的情形下，倒不如躲在草叢中等候機會的好。

她身體才一伏了下來，便聽得上面傳來幾下低喝聲，同時，樹木和草叢不斷地發出窸窣聲來，木蘭花除下了望遠鏡上的紅外線夜視裝置，湊在眼上，向上看去。

她立即看到，約有五個人正在自己上面攀援下來，而令得木蘭花吃驚的是，這五個人都戴著一副十分大的眼鏡。

那眼鏡分明是紅外線的夜視鏡！

那也就是說，她想利用天色黑暗暫時存身，是不可能的了，在紅外線夜視鏡之下，她將無所遁形，木蘭花揚起了手中的槍，連扣了五下槍機。

自她的槍中射出的，並不是子彈，而是五枚空心的，儲有痲醉劑的鋼針，這五枚鋼針一發了出去，幾聲怪叫過後，便有三四個人向下落來。

那三四個人向下落來的時候，碰得樹枝啪啪亂響，木蘭花連忙趁著這個機會又向下滾出了十來碼，已到了下面的山路上了。

木蘭花躍上路面，在一張長凳上坐了下來，她取出一團物事，在一根線頭上拉了一拉，「嗤」的地一聲響，那團物事立時充氣膨脹起來，竟是一個和真人同樣大小的橡皮人，那是一個男子，木蘭花將橡皮人的一條手臂放在自己的腰際，在長凳上坐著不動。

這幾條通向山頂的路，十分幽靜，本來就是情侶談情說愛的好場所，天色又黑，就算在極近處經過，看來也像是一男一女緊擁著在享受著愛情！

但是木蘭花的心中還是十分緊張。因為用這個方法是不是避得過去，尚成疑問。

木蘭花坐定之後，又用力捏破了一小瓶香水。那香水的氣味相當濃烈，這可以使對方的狼狗無所追蹤，然後，她就一動也不動地坐著。

不到兩分鐘，就有人急匆匆地奔了過來。

在奔過來的人影之前，是不作一聲但是卻在急速前進的狼狗。那幾頭狼狗竟然一聲不出，由此可知牠們承受的訓練是如何之嚴格。

木蘭花屏住氣息，握定了武器。她本來是不想動武的，但如果事情的發展逼得她非動武不可，她也絕不會示弱的。

以相當高的速度奔過來的狼狗和人，全在長凳的旁邊掠過。

這種長凳本就是情侶偎依談情的好所在，有一雙男女緊靠著坐在長凳上，是絕不會引起追蹤的人的注意的。而香水濃烈的氣味，又瞞過了狼狗靈敏的鼻子，狼狗向前衝去，衝出了近二十碼，幾頭狼狗便突然停了下來，團團打轉。

牠們停下來的地方，正是木蘭花剛才奔到那裡，又折而回頭的地方，木蘭花的「氣味」是到此為止的，狼狗無法再繼續向前跟蹤了。

那幾個人趕到了狼狗打轉的地方，低聲地向狼狗呼喝著，可是那幾頭狼狗卻只是不斷地嗅著，嗚嗚作響，不再向前去。

木蘭花的心情十分緊張，因為她不知道那些人在狼狗突然失去了跟蹤能力之後，將作什麼打算，她仍然坐在長凳之上不動。

那幾個人在那裡東張西望了一陣，又低聲交談了幾句，想來討論不出什麼結果來，又循原路走了回去，在經過木蘭花身邊的時候，甚至連瞧也不向木蘭花瞧上一眼。

木蘭花鬆了一口氣，等到那幾個人走遠了，她才站起身來，向前走去。

她並沒有收起那個橡皮人，一個人急速地向前走著，二十分鐘之後，她已來到下山的道路上了，市區的燈火看來也十分接近了。

這條上山下山的道路，在白天也是車子行人並不怎麼多的，這時在晚上，木蘭花更可以說是唯一的行人，可是，正當木蘭花要加快腳步，快一點回到市區之際，她忽然看到前面的一根街燈柱子下，站著一個身形十分高大的大漢。

那大漢站在街燈柱子下，面向著木蘭花。

但是木蘭花卻無法看清他的臉容，因為那大漢不但戴著一頂闊邊帽子，而且還非常不合時宜地戴著一副極大的黑眼鏡。

木蘭花奇怪了一下，腳步放慢了些。

但是，那只不過是極短的時間，她立即又加快了腳步。

而在那一剎間，她已經作好了準備。她估計那大漢站在街燈下，是和自己無關的，並不會對自己不利。可是為了以防萬一，她的手中早已握住了一條極細的金屬鍊子。

她一直向前急匆匆地走著，當她來到那大漢面前的時候，那個大漢突然向前踏出了一步，道：「小姐，我有幾句話向你說。」

木蘭花的腳步更快，她道：「我不認識你。」

那大漢道：「請你站住，我有話說！」

也就在此際，木蘭花突然又看到前面有兩條黑影，自山岩的陰暗處閃了出來，事情發展到這一地步，木蘭花實是非先下手為強不可了！

她這時，已在那大漢的身旁擦過。

看她的情形，完全是打算再向前走去的，卻不料就在那一瞬間，她猛地停住了身子，手背刷地向後揮去，手中那股細鍊子晶光一閃之間，已將那大漢的脖子緊緊地纏住。

由於鍊子是如此之細，一個再強壯的大漢被鍊子纏住了脖子，都會覺得窒息而驚惶失措的！那大漢立時雙手向頸際亂抓。

而木蘭花則已在此時身子向後一躬，肘部猛地向後撞去，重重地撞在那大漢的胸口，就著這一撞之力，她身子一躬，將那大漢整個頂了起來，猛地向後拋了出去。

也就在那時候，槍聲響了！

槍聲顯然是前面閃出來的兩個黑影放的，但是並未射中木蘭花，一粒子彈呼嘯著飛了過去，另一粒卻射中了被木蘭花拋出的大漢身上。

那大漢在半空中悶哼了一聲，落了下來。

木蘭花早已身子一滾，滾到了路邊上，路邊恰好有一塊大石，她立時到了那塊大石之後，也放出了兩槍，卻是射向附近的街燈。

因為木蘭花不知道敵人有多少，也不知道敵人在哪裡，她只是孤身一人，在那樣的情形之下，黑暗是對她有利的。

街燈一滅，眼前立時黑了下來，木蘭花隱身在石後，取出了那小型望遠鏡，向前觀看著。

望遠鏡上有著紅外線觀察裝置，她可以清晰地看到，在離她十多碼處，至少有十多個人隱伏在路旁的石後，草叢中，其中一個人似乎還在用無線電傳話儀通話。

木蘭花收起望遠鏡，她的身子以十分靈巧的動作向後縮去，縮進了山石之中，然後，她攀緣著，慢慢地向外移去。

她完全不遵循道路，只是在山嶺間攀行，當她終於又腳踏實地之後，她已經在一條鄰近市區的道路上了。

木蘭花直到此際，才鬆了一口氣。

她對於自己幾次遇伏，並不覺得出奇。因為她可以肯定，在路上截擊她的，仍然是半山那幢建築物中的歹徒。

這證明歹徒相當有頭腦，不但派人和狗來追蹤她，而且算定了她要經過的道路，在那裡等候截擊，幸而她夠機智，是以才脫了險，如今當然已沒有危險了。

木蘭花站在路邊，過了不多時，一輛的士駛了過來。木蘭花伸手截住的士，的士司機從車窗中探頭出來，道：「去哪裡？」

木蘭花說出了家中的地址。

的士司機卻搖搖頭，道：「對不起，我要交班了。」

木蘭花笑了笑，她知道，交班是假的，嫌郊區路太遠卻是真的，她欠身拉開了車門，道：「遲一點交班好了，你會得到一份豐厚的報酬。」

那司機看來還是不怎麼願意，口中不知講些什麼，但總算踏下油門，車子向前駛去，木蘭花靠在椅背上，心中相當懊喪。

因為她假定那幾宗離奇的竊案，是和即將在這裡舉行的一些超級犯罪分子的會議有關，所以才前來探索究竟的，可是她此行得到了些什麼呢？

可以說什麼都沒有得到！

木蘭花很少有這樣師出無功的情形，固然她絕不是一個遭了一次失敗便灰心的人，但是心頭總不免有些不高興。

她思索著下一步的計畫，應該怎麼樣，用什麼法子，才可以對那幢屋子進行有效的監視，因為這幢屋子名義上是一個外交機構，但是事實上，她肯定，那罪惡會議一定是在那幢屋子中舉行，如何才能夠使這批罪犯落網呢？

這實在是一件相當費腦筋的事情。

車子在靜寂的街道上行駛著，迅速地駛出了市區。

到了郊外之後，公路上更是冷僻了，然而不多久，便突然有一輛巨型的卡車在後面以高速駛來。

在那輛巨型的卡車以高速向前駛來之際，前面也出現了兩盞亮得異乎尋常的車頭燈，那兩盞車頭燈的燈光照得木蘭花幾乎看不清前面駛來的是什麼，她只不過從那車頭燈後面的龐大黑影看出，那也是一輛巨型的卡車而已！

這時候，離木蘭花的家已經不遠了。

而這一段路的路面是相當狹窄的，只不過勉強可以供兩輛車子並行駛過，在駛過的時候，還必須減低速度，才不致出事，然而此際，一前一後駛來的兩輛大卡車，時速至少達到六十！

的士司機驚叫了起來，木蘭花也知道情形對自己極其不利了！

很明顯，在山中的一次伏擊失敗之後，敵人方面並未曾罷手，而且，那次伏擊，敵人方面雖然失敗了，卻得到了一項非常重要的情報。

那便是：敵人已知道了木蘭花的身分。

這自然是從那條細鍊上得知的，因為在細鍊的一端，有一個小小的銀扣子，在銀扣子之上，有著一朵木蘭花的標記！

所以，敵人方面明知木蘭花會回家來，便在這裡派出了兩輛巨型卡車，要將木蘭花連人帶車整個地撞扁！

木蘭花一發現了大卡車，立時沉聲道：「快，加快速度。」

那司機顯然已失去了控制能力，車子像喝醉酒的人一樣，劇烈地發起抖來，木蘭花一伏身，越過椅背，推開司機，坐到了司機位置。

那司機青著臉，驚奇地道：「老天，你是什麼人？」

木蘭花並不回答，她一手緊握著駕駛盤，另一隻手握著槍，手伸出窗外，向前接連地發射子彈。

「砰！砰！砰！砰！」木蘭花一連射了四槍。

前面那輛卡車的兩隻車頭燈熄滅了，但是車子前進的速度卻絲毫不減。

木蘭花所射出的四槍，兩槍是瞄準了車頭燈的，那兩槍射中了目標，所以對方的車頭燈熄了。另外兩槍，她是射向窗子的。

那兩槍，就算射不中卡車司機的話，也必然可以令得卡車司機吃上一驚，可是卡車卻絲毫不受影響地仍向前駛來！這證明卡車窗子的玻璃，全是性能十分好的防彈玻璃！

木蘭花知道再放槍也沒有用了，前面的卡車已迅速地接近，卡車是佔據了整個路中央向前駛來的，在卡車的左右，只有四五呎的位置，車子是駛不過去的，一面是懸崖，一面是山，不是被卡車撞中，就是跌入懸崖，要不然便是撞山！

看來，是絕沒有第二條路可走的！

然而，在心念電轉間，木蘭花自己問自己：真的沒有第二條路好走麼？她猛地一扭駕駛盤，車子一偏，向山崖衝了過去。

在她身邊的的士司機驚呼了起來！

那是一個人瀕於死亡邊緣所發出的厲呼聲！

當木蘭花陡地扯轉舵盤之際，前面那輛大卡車，已來到離木蘭花的車子只有二十來碼之處了，木蘭花的車子向山上撞去的一剎那，大卡車又撞近了七八碼，木蘭花在車身將要撞上山崖之際，再向相反的方向扭動舵盤！

那輛車子已經撞上山坡了，但由於木蘭花立時扭轉了方向盤，是以車子又陡地轉了方向，這一來，車子左面的兩隻車輪駛上了山坡，而右面的兩隻車輪還在地上，整輛車子呈四十五度角斜了起來。

木蘭花又將車速提高到八十以上。

那只是極短極短的一剎那！

那一瞬間，只怕還不到半秒鐘！但是那卻是決定生死的一剎那！

那輛的士的車身斜著，就在大卡車的旁邊，「颼」地一聲穿了過去！

4 H會議

大卡車和山崖之間的空位，本來是絕不夠容一輛車子駛過去的，但因為木蘭花先一步將左面的車輪駛上了山坡，是以縮小了車子所佔的空間，恰好穿了過去！

一穿過去之後，的士向路面直衝了過去，眼看又要衝落懸崖，木蘭花又發揮了她超絕無比的駕駛技術，令得車子陡地轉了過來。

在車子急轉之際，車輪和地面因為劇烈的摩擦，而發出了驚心動魄的吱吱聲。然而，那種吱吱聲和在身後傳來的巨響聲相比，卻是小巫見大巫了！

木蘭花一聽到身後傳來的巨響聲，立時停住了車子，回頭向後面看去。只看到那兩輛大卡車已然撞在一起了！

兩輛卡車的頭部，因為這一撞而凹了進去。

那兩輛卡車居然未曾因為相撞而翻下山去，但是卡車的車頭既然全陷了進去，想要壓扁木蘭花的人，自己反而已被壓扁了，那卻是毫無疑問的事情了。

木蘭花深吸了一口氣，又慢慢地吁著氣。她覺得自己的手心上已全是冷汗了。

她回頭去看那司機，只見那司機的面色難看得像是一具殭屍一樣，乾瞪著眼，喘著氣，半晌才道：「陰功，我家中還有三個女孩，兩個男孩，沒有人養了！」

聽那司機的話，像是他覺得自己已死了一樣！

木蘭花當然不會去笑他，她只是輕輕地在他的肩頭上拍了一拍，道：「兄弟，事情過去了，你活著，我也活著，我們都沒有事。」

那司機生硬地動了一動身子，仍然面色慘白無比。

木蘭花又道：「我是木蘭花，剛才他們想害我，和你是完全無關的，我送你到我家去，我立即通知警方，護送你回家。」

「你……你就是木蘭花？」那司機在講這句話的時候，才漸漸有了生氣，「你就是專和壞人作對的木蘭花，是不是？」

木蘭花道：「是的，我就是。」

她駛著車向前去，直到過了她家的門口，才停了下來。

離她家還相當遠的時候，她已看到家中燈火通明，這使得木蘭花心中起疑，是以她駛過了三十多碼才停下車子。

然後，她一個人下車，吩咐司機繼續向前駛去，駛出里許之後再轉回頭。她自己則向前走去，到了屋子的外面，便聽得穆秀珍的聲音。

穆秀珍像是在打電話，她大聲道：「蘭花姐出去了！」

聽到穆秀珍的聲音，木蘭花才算是放下了心來，她轉到鐵門口，叫道：「秀珍，我回來了，是誰的電話？」

穆秀珍立時大聲叫了起來，道：「蘭花姐，你快來，我不能替你開門了，你自已翻鐵門進來好了，我要看著那傢伙。」

木蘭花聽了，不禁莫名其妙，穆秀珍的話講得沒頭沒腦的，真不知她是什麼意思，她連忙翻進了鐵門，向內走去。

才一走進客廳，她的心中，一則驚異，一則好笑，她實是忍不住笑了出來，道：「秀珍，你在玩什麼把戲啊？真好笑。」

穆秀珍卻瞪著眼，像是覺得一點也沒有什麼好笑。

穆秀珍坐在一張沙發上，她的手中握著一段繩子，那段繩子又連結著另外五段繩子，而那五段繩子又是扣在五柄槍的槍機上的。那五柄槍，都被安放在架子上，也就是說，穆秀珍只要手一拉繩子的話，五柄槍就會一起發射！

而這五柄槍，卻是對準了一個坐在沙發上的人，那人正在伸手抹汗，見了木蘭花，喘著氣，道：「蘭花小姐，幸而你回來了，要不然，秀珍小姐多聽幾次電話的話，我就算幸運得不被槍射死，只怕嚇下來，命也去了大半條了！」

木蘭花是很可以明白那人的意思的，因為電話雖然就在穆秀珍的身邊，但是穆秀珍手一有動作的話，繩子便不免抖動、拉緊，而繩子拉緊的話，五柄槍是很有可能發射的！

木蘭花已經打量清楚了那人，那是一個三十出頭，相貌很普通的一個人。木蘭花很精於估量一個人的身分，但是眼前這人，她卻估不出他是何等樣人來。

那是因為這個人太普通了！

木蘭花忙道：「閣下是——」

她一句話沒有講完，那人也還未曾來得及回答，穆秀珍已急急搶著道：「哼，這位仁兄，來了就不肯走，問他又不出聲，只是說要找你！」

木蘭花皺了皺眉，向那五柄槍指了一指，道：「那麼，這又算是什麼啊？」

「監視他啊，」穆秀珍理直氣壯地回答：「誰知道他是什麼來路，我們可是見過鬼怕黑的了，如今，我只要那麼一拉——」

她講到「那麼一拉」之際，她的手指果然拉了一下！

坐在沙發上的那人怪叫了起來道：「別拉！」

「秀珍，別胡鬧了！」木蘭花走過去，將五柄槍一齊取了下來，對那人道：

「我們好像未曾見過面，你找我有什麼事情？」

那人欲語又止，面上現出十分尷尬的神色來。

「你既然有事要來找我，見了我面卻又不說，那豈不是在白費時間麼？如果你不想說的話，那麼就請你離去吧。」木蘭花不耐煩地說。

「不，不。」那人急忙道：「是這樣的，我……我不是正當人，我是一個小賣家，蘭花小姐，你可明白麼？我是一個小賣家。」

木蘭花的心中，陡地一動！

她已經知道那是一個什麼人了，那是一個毒販！所謂「小賣家」，就是小毒販，是從大賣家那裡批了毒品來，再零售出去的那種人！

木蘭花的心中同時也起了一陣莫名的鄙視之想，立時面色一沉，冷冷地道：「原來你是那一類東西，你來作什麼？」

那人戰戰兢兢地道：「是，我當年也是被人拖下水的，我一直想洗手不幹，但是卻沒有遠走高飛的錢，所以來求蘭花小姐的。」

「放屁！」穆秀珍已放聲罵了起來，「我們將錢拋在海中，還可以看看它向東流，還是向西流，怎麼給你這種臭東西！」

那人苦笑著道：「不是，我不是來要求施捨，我有一點東西，本來是應該交給警方的，但是我卻……怕進警署，所以才來求見蘭花小姐的，我想，警方對我的東西可能有興趣，肯出高價收買的，那麼請蘭花小姐搭搭線，好處我們三七分好了！」

「混帳！」穆秀珍頓著腳。

「四六，四六分好了！」那人連忙改口。

穆秀珍霍地站了起來，幾乎想要立時衝過去打他的耳光，但是卻被木蘭花阻住了，木蘭花冷然道：「你要出賣的是什麼？」

「我也不十分清楚，那好像是一份計畫，和一份名單，一份參加什麼會議的人的名單，我看那是一個很重要的會議！」

木蘭花呆了半晌，才道：「你怎知道那會議重要？」

「我看到有九個人……是很重要的人。」

「你只是一個小賣家，怎會得到那麼重要的東西？」

「是……朱四……朱四爺的第八房姨太太偷出來給我的，八姨太是我的一個遠房親戚，她最得朱四爺的寵，所以才有機會下手的。」

「東西在你這裡麼？」

「不在，我怎敢帶在身上？我放在我家中鐵床頭的鐵管中，蘭花小姐，你可以跟我一齊回去拿的，我相信那是重要的東西。」

「是陷阱麼？」木蘭花銳利的目光望定那人。

「不，不，當然不，」那人苦笑著，「我怎麼敢？我只想……得一筆款子，可以和……八姨太一齊……逃到外埠去，再也不回來了。你可以派大隊人馬去的。」

「秀珍，打電話給高翔。」木蘭花一面吩咐，一面又問那人：「你叫什麼名字，一向是在哪一個區域活動的？說！」

「我……叫蘇祿，是在七號、八號碼頭的。」

穆秀珍已接通了電話，她將電話聽筒交給了木蘭花，木蘭花一接過電話，高翔便迫不及待地問道：「有什麼進展麼？」

「高翔，你先替我查一個人。」

「好的，什麼人？」

「他叫蘇祿，是朱四手下的小賣家，常在七號、八號碼頭活動，查到了他的資料之後，立時告訴我，他聲稱有一件資料。」

高翔在辦公室，立時吩咐了下去，才問：「什麼資料？」

「可能是有關這次會議的，這次會議，雖說是犯罪者的大集中，但是卻以大毒販為主，他聲稱是在朱四那裡得到這份資料的。」

「我看靠不住。」

「所以先查一查他的底細！」

兩人又交談了片刻，高翔已經道：「查到了，蘇祿，他行動很小心，和朱四的八姨太有勾搭，他的樣貌很普通，從相片上看來，倒像個老實人，是七號碼頭的小賣家，曾經有兩次提供情報給警方，是寫信來的，看來他很想改過自新。」

「嗯，」木蘭花點頭，「他住在什麼地方？」

「利長大廈十三樓E座，是他一個人居住，那是一個十分低級的區域，這個人，現在就是在你這裡麼？」高翔問。

「是的，我看，你帶幾十個幹練的人員去，」木蘭花道：「蘇祿說文件在他家中，也有可能是陷阱，你們先到，包圍他的住所。」

「好的。」高翔正要放下電話。

「慢，」木蘭花又道：「在我家的附近，兩輛大卡車失事了，警方怕還不知道，快派工程車將它們拖走吧。」

「噢，那和你有關麼？」

「有關，見面再詳談吧。」木蘭花放下了電話，看到那輛的士已駛到了門口，她便向司機招手，叫穆秀珍出去開門。

的士司機走了進來，東張西望，像是十分好奇，忽而又瞪著穆秀珍，笑道：

「我知道了，你一定就是喜歡罵人闖禍的穆秀珍。」

穆秀珍雙手叉腰，道：「放屁！」

的士司機縮了縮頭，不敢再出聲了。

「蘇祿，」木蘭花沉聲發問：「你以前曾提供兩次線報，那是為了什麼？你不怕被朱四謀害麼？何以你要這樣做？」

「唉，」蘇祿嘆了一口氣，「毒品是害人的東西，我豈是真想幹這個？我是寫匿名信去報告的，不料警方也知道了。」

「你想改過自新，警方一定會給你自新之路的。但是如果你想玩什麼花招的話，告訴你，那你可是在自討苦吃了，知道麼？」

「知……知道！」蘇祿結結巴巴地說：「我真想改過。」

「好，我和你一齊去，秀珍，你在家裡，這位司機先生曾幫過我的忙，等前面路通了，你替我送他兩百元，讓他回去。」

「蘭花姐，我還在家裡？」

「當然，這次幸而你在家中，所以蘇祿來找我，才能夠和我見面，你已經立了一個大功了！」木蘭花安慰著穆秀珍。

穆秀珍笑了起來。

木蘭花和蘇祿步行著向前走去，木蘭花仍對蘇祿保持著警惕，讓他走在前面，當他們來到兩輛卡車相撞的地方時，警方人員已經到達了，木蘭花向一位警官商借了車子，由蘇祿駕駛，向蘇祿的家中疾駛而去。

蘇祿所住的那幢大廈，就在七號碼頭的附近。

那一個區域的街道十分狹窄，許多房屋都是舊得看來隨時可以倒下來一樣，但是在舊屋之中，卻又夾雜著不少十數層的大廈。

蘇祿駛著車子，在其中的一幢之前停了下來，他車子才停，就有一個便衣探員迎了上來。那探員一看到木蘭花，連忙道：「高主任已上去了！」

木蘭花點了點頭，和蘇祿一齊下了車，走進了窄窄的門口，踏進了電梯，她又看到樓梯口有兩個便衣探員在守候著。

電梯中有一股難聞的氣味，電梯升到了十三樓，出了電梯，是又窄又長的走廊，轉一個彎，便看到了E座，E座的門口，有兩個警員守著。

木蘭花才走到門口，高翔便迎了出來。

「沒有人，」高翔攤了攤手，「我們弄開了門，裡面一個人也沒有，蘇祿呢？他來了沒有？為什麼縮頭縮腦地不敢見人？」

高翔大聲一叫，蘇祿才閃閃縮縮地走了出來。

高翔向蘇祿打量了一眼，又和木蘭花使了一個眼色，他的意思是：這個人正是蘇祿。木蘭花立時領會了他的意思，便點了點頭。

「好了，蘇祿，你說要提供給警方的東西在哪裡？」

「不知道……不知道我可以得到多少報酬。」

「蘇祿，你聽著，警方沒有出錢買情報的慣例，但如果依據你所提供的情報，而破獲了走私、販毒的罪行，那麼你可以得到百分之二到百分之五的獎金，你明白麼？這要看你提供的情報，究竟起了多大作用而定，如果你要討價還價的話，那是你自討沒趣！」

木蘭花對高翔那種並不客氣的態度，心中略為有一點不同意，但是她想及蘇祿本來是一個小毒販的時候，她也就不出聲了。

「還有……我的安全問題呢？」

「從今天起，警方會有特別人員保護你的安全，你必須裝著若無其事，要不然你得到的東西就毫無作用了。」高翔的語意仍是冰冷的。

「是，是。」蘇祿一面答應著，一面向前走去，來到了那張鐵床之前，那張鐵床的床架是特製的，其中有一段可以拔下來，中間空的鐵管之中，藏著一卷捲得緊緊的紙張。

蘇祿的手有些發抖，將那東西取了出來，放在高翔的手中，道：「就是這些了，高主任，我知道這極其重要，你多幫忙。」

「哼，如果是重要的東西，朱四失去了，還不立時追查麼？」

「他不知道，八姨太……印下了副本。」

「噢！」

高翔和木蘭花兩人互望了一眼。

他們的心中都同時在想：如果是這樣話，那麼這份東西真的有價值了。因為歹徒方面並不知道它已洩漏，自然是仍然依照這份文件上的一切行事的了！

那也就是說，這個罪惡會議的一切都將暴露無遺，他們可以毫不費力地對付那一群來自世界各地的歹徒了！

高翔先將那份東西拆了開來，他只不過是略看了一看，便滿面喜容地向木蘭花望了一眼，表示那的確是極有價值的一份東西。

高翔忙又握起了那卷文件，道：「好，你仍然和平時一樣，我相信在事情完了之後，你一定可以得到一筆巨額獎金的！」

高翔一說完，便向外走出去，同時命令道：「快收隊，悄悄地收隊，別露出痕跡來，別讓人看出警方曾包圍過這裡！」

「是！」一個警官立即答應。

高翔和木蘭花兩人出了門，下了電梯，在大廈門口，登上車子直赴警局。

在高翔的辦公室中，請來了方局長，三人一齊研究著這份文件。

他們花了半小時，將這份文件的大部分看懂了，還有一小部分是用密碼來代替數字的，那需要經過專家的研究，才能明白真相。

看完之後，方局長，高翔和木蘭花三個人全都呆住了！

他們三個人可以說接觸過不少犯罪行為，卻還未曾看到過一個如此膽大，如此令人咋舌，如此完滿的犯罪計畫！

這個會議，定名為「H會議」，「H」是海洛英的英文名稱的第一字，因之「H會議」，可以說是一個如何將毒品以本市為基地，向全世界廣泛推銷的計畫！

計畫的第一步，便是以一筆極其龐大的基金去支持反對黨的競選活動，其中包括出兩家新報紙，以公正敢言的姿態出現，攻擊執政黨，攻擊現在執政黨支持下的警方。

文件中竟提到了警方秘而不宣的幾宗巨竊案，那兩家新報紙出版之後，將詳細地報導這幾宗案子。

而競選成功之後，本市的警政便落到了歹徒的手中，大量毒品就可以肆無忌憚地從產地運來，運銷到世界各地去了。

這份會議的備忘錄，還提供了一個利潤的數字，它舉例說，像中美洲厄瓜多爾那樣的小國，如果毒品的來源保持不斷的話，那麼主持其事的人，每個月便可以獲得三十萬美金以上的純利！

這樣的數字，是值得任何犯罪分子前來參加這個會議的。

備忘錄中也列出了不少人名，都是已答應來參加會議的，不消說，那全是各地的不法分子，那些名字，他們三人大都熟悉得很。

但是，會議的當然主席的名字，卻令得他們嚇了一大跳，那是一個某方面的官方機構的負責人！由此可知這次罪惡會議，實際上是由某方面大力策動的！因為某方面正是毒品的來源地。

會議的地點，正是在木蘭花前兩個小時到過的地方。

而會議的日期，則是在後天。

在備忘錄的後面，還有一封信，是那個會議當然主持人寫給朱四的，要朱四不可親自出席，避免引起警方注意，但是他必須派兩個親信可靠的人參加這個會議，因為朱四是本市的大毒販，他的行動足以影響這次會議的成敗！

木蘭花等三人看完了這個文件之後，都呆了半晌。

方局長最先發言，他雙手按在桌子上，道：「我們立即對朱四採取行動！」

「以什麼藉口呢？」高翔問：「我們一直沒有證據！」

「這就是證據！」

「這是一份影印的文件，一個普通的律師就可以宣稱是警方惡劣的偽造，是一種陷害，那反而打草驚蛇了。」高翔搖著頭。

「蘭花，你的意見呢？」方局長轉過頭去。

木蘭花仍不出聲，辦公室中，充滿了沉默而嚴肅的氣氛，足有兩分鐘之久，然後，木蘭花才道：「首先，我們要決定，這份來自蘇祿手中的東西是不是可靠。」

「我想是可靠的。」高翔說。

「不能想，而要肯定，因為這是一場極其激烈的敵我鬥爭，是只許勝利，不許失敗的，一定要百分之一百的肯定！」

木蘭花不客氣的話，令得高翔有點不好意思。

但是，他立即又說道：「我肯定這份文件是真的。」

「你的肯定，可經得起我的盤問？」木蘭花立即問。

「請你發問！」

「這份備忘錄，一共有十七頁之多，要複印十七頁文件，需要相當的時間，和一定的機件，什麼人能夠不被朱四覺察，而做到這一點？」

「當然是八姨太，複印十七頁文件，用新型的影印機，不會超過兩分鐘的時間，朱四在閱讀這東西時，八姨太在一旁，他離開了，八姨太便複印下來，地點是在朱四的辦公室中，八姨太是最得寵的一個，她是經常到朱四的辦公室去的。」

「你的假定可以成立，但是問題在為什麼八姨太要去複印朱四的文件，她為什麼要冒險去做這樣的事？」木蘭花繼續問。

「她和蘇祿是舊情人。」高翔的回答很簡單，「她希望能和蘇祿遠走高飛，一則她希望以此換錢，二則，她也希望朱四受法律制裁！」

5 直搗黃龍

木蘭花望著高翔。

高翔自信地笑著，道：「還有問題麼？」

木蘭花搖了搖頭，道：「沒有了，我給你說服了。」

「如果出問題，因為這份文件是由我肯定的，一切後果由我來擔當。」高翔再補充了一句。

「不對，我既然同意了你的看法，後果當然也共同承擔，方局長，你對這份文件的看法怎樣？」木蘭花向方局長問道。

方局長考慮了一下，道：「我看這份文件也是真的，因為其中許多數字，事實，人名，若是對方捏造來騙我們的話，是絕不會捏造得對他們如此不利的。」

木蘭花和高翔兩人一齊點頭。

方局長究竟是一個老資格的警務人員，他的見解是很精闢的，很有說服力。

木蘭花說道：「先肯定了這份文件的價值，然後再討論行動的方法。」

「你的意見怎樣？」高翔問。

「我同意方局長的辦法，先向朱四下手。」

高翔臉上現出疑惑不解的神色來，他搖頭道：「我不明白這樣做有什麼好處。我們掌握不到什麼證據，逮捕了他，二十四小時之內就要將他釋放，徒遺笑柄。」

「我不是說公開逮捕他，而是派人在會議舉行之前的幾小時綁架他，然後，要脅他和日常一樣地工作，但是卻有一個我們的人，一秒鐘不離地在他的身邊，使他的性命隨時隨地在我們的控制之下，這件事，只有一個人可以做。」

「誰？」

「你，高翔。」木蘭花一字一頓地說。

高翔深深地吸了一口氣，道：「然後呢？」

「他的兩個代表當然是早已派定了的，但是要他去更改代表的名稱，改派另兩個人去，你明白麼，那另兩個人，就是經過了化裝的你和我！」

「當我們前去赴會的時候，帶著朱四一齊走，在中途，將朱四交給我們的人，然後我們就到達會場，我用超小型的攝影機攝影，然後製造一場火災，使得所有的人都逃出屋外，埋伏在屋外的人一湧而上，便可以將他們一鼓而擒了！」

「好！」高翔拍著桌子，「我正在發愁，會議舉行的地方是一個外交機構，我們難以下手，現在你連這點難題都解決了！」

「別太早說好，說來簡單，實行起來還有許多困難，尤其是要你執行的那一部分，會議是在早上十時舉行，你至少從清晨三時起，便要控制住朱四，你準備採取什麼方法？」木蘭花的手指輕輕地敲著桌子，等候著高翔的回答。

「嗯——」高翔來回地走著。

他走了好幾個圈子，才抬起頭來，道：「我想綁架他不怎麼好，我要偷進他的家去，將他從床上抱起來，直接指嚇他。」

「可是，你別忘了，他有八個住家，還有數以百計的保鏢，他的住所，都是經過特別設計的，到處都是電眼、警鈴。」

「這一點我想過了，只要我知道了他在那裡過夜，我就可以製造一分鐘的停電，讓他的一切設備都停止作用，我就可以直搗黃龍了！」

「停電的事由我負責聯絡。」方局長插言道。

木蘭花不再說什麼，她相信高翔是有這個能力的。

一切都似乎安排妥當了，木蘭花站了起來，高翔送她到了門口，突然又道：「蘭花，你相信那幹了這幾宗案子的人，也在這個會議之中麼？」

「我無法肯定。」木蘭花沉吟了一下，「但是，對付了這個會議，就算那人不在會議之中，事情也沒有那麼緊迫了！」

「對，」方局長跟了上來，「這個會議如果給我們破壞了，那麼，反對黨中竟有這樣的不良分子，自然也不能得到勝利了。」

「蘭花，可要我送你回去？」高翔殷勤地問。

「不必了，你還有許多事情要做，你一控制了朱四，立時與我通電話，我趕到那裡來和你會面，商討以後進行的細則。」

「好的，我盡力而為。」

「你會成功的！」木蘭花的語氣十分肯定。

「謝謝你！」木蘭花那句話給予高翔的鼓勵，是無可形容的！

等到木蘭花離開警局之後，天色已經微明了！

高翔沒有睡，他佈置了所有的線人，二十四小時不停地向他報告朱四的行蹤，由於朱四在表面上是一個大商人，所以要做到這一點並不困難。

一直到晚上十時，高翔接到了朱四當夜住在什麼地方的消息之後，他才躺下來開始休息，他準備在三時行事，是以二時十分他就醒了。

他化裝時，又和監視在朱四住所之外的人聯絡過，肯定朱四仍在那裡，他才離開了他的辦公室，在二時五十二分，到達了目的地。

那是一幢十分豪華的洋房，圍牆也高得出奇，鐵門的頂部和牆頭的鐵柵，據報是通有電流的，但是這一切將都不成為問題。

因為在二時五十七分，這一帶的電流將斷絕，直到三時為止，在三分鐘之內，將是黑暗世界，一切險地皆可通行。

但這並不是說高翔可以堂而皇之地走進去，因為在這幢房子中，有十二個保鏢，六個輪值日班，六個輪值夜班，這六個槍法奇準的保鏢，將是高翔最大的障礙。

高翔伏在距離那幢屋子五碼的地方，緊張地等著。

五十七分，電流截斷了，眼前一片漆黑！

高翔以百米衝刺的速度向前奔去，他取出了一根一呎來長的管子，不斷地拉著，那管子像可以伸縮的無線電天線一樣，在剎那之間被拉長了十九節，高翔一揚手，管子一端的鉤子已鉤住了牆頭。

高翔不到十秒鐘便已攀上了牆頭。他可以利用的時間只不過三分鐘，他的行動必須迅速！

他一攀上牆頭，便聽得一陣犬吠聲。

但同時卻聽到有人沉聲喝道：「多利，別吠，停電了，別吵醒老細！」

高翔一個翻身，已落了下來。

那叫狗不要吠的，當然是保鏢之一了。

那保鏢竟認為犬吠是因為斷電，那是十分可笑的。

高翔衝到了屋子跟前，朱四的臥室在哪裡，他是早已知道的，他拋出了一根繩子，繩子一端的鉤子，鉤住了牆上的突出部分。

他又迅速地向上攀去，到了窗前，所有的窗子全是密封的，而且玻璃全是兩重的防彈玻璃，看來高翔是無法進去的。

但高翔對他的行動早已有了計畫，他來到了裝在牆上的冷氣機旁，用螺絲旋迅速地將冷氣機的底板旋了下來，然後，他又向上攀高了幾呎，雙足抵住了冷氣機的機件，用力向內一蹬，一聲巨響，冷氣機的機件和外殼分離了。

冷氣機距離地板雖然只有六七呎，但是機身十分沉重，跌下去的聲響是極其驚人的，睡在床上的朱四立時怪吼了起來：「什麼人？」

幾乎和冷氣機落地的同時，高翔已經從冷氣機的殼中穿了進來，他也立即回答了朱四的問題，道：「是我，四爺。」

朱四厲聲道：「你是誰？」

他一開口，只有更暴露他所在的地方，高翔虎撲了過去，左臂一勾，勾住了朱四的頭頸，右手的槍已指住了他的額角。

高翔聽到冷氣機的引擎發出軋軋聲，知道三分鐘已經過去，是以便道：「你開燈看好了，我是什麼人？」

朱四的手背發著抖，亮著了燈。

出乎高翔意料之外的是，朱四居然是獨寢！

這個以好色出名的毒販子的身邊，竟然沒有女人！

沒有女人更好。行事要方便得多了，電燈亮著了之後，朱四其實仍然看不到高翔，因為高翔在他的身後。

高翔翻起了枕頭，將枕下的兩柄手槍打到地上，也就在此際，門外有人問道：「什麼事，老板？我們聽到聲響！」

「和他們說沒有什麼！」高翔低聲吩咐。

「沒有什麼！」朱四立即回答，「我碰倒了一些東西，你們不必再來了。」

「是！」門外答應了一聲，腳步聲遠了開去。

「閣下是哪一路的朋友？」朱四又問：「可是缺少什麼費用，只管開口就是了，朱某人可不是吝嗇的人，朋友你應該知道。」

「我當然知道，你走前去，面對著牆，站著別動，不然，我立即放槍，我要什麼，自然會對你慢慢講明白的，快走！」

高翔左臂一鬆，朱四向前跌出了半步，他也不敢回頭，依言向前走了出去，到了牆前，將手放在頭上，面對著牆壁而立。

高翔推過一隻櫃子，擋住冷氣機的空洞，拉掉冷氣機的插梢，才撥了木蘭花家中的電話，那邊一有人聽，他就道：「我成功了。」

「是麼？我馬上來，我現在是一個五十來歲，下頷有一粒大痣的小個子，穿深藍色西裝，你要朱四用傳話器通知他的保鏢領我進來。記得，別忘了將傳話器關掉，不然會引起人家的注意！」

木蘭花在電話中迅速地吩咐著。

「和朱四在一起的女人是什麼人？」

「知道了，他是一個人獨睡。」

高翔放下了電話，又照樣吩咐著朱四，然後，他監視著朱四在傳話器中通知了保鏢，又關上了通話器。

「朋友，你究竟為了什麼，可以說了，錢，我有！」

「等我那個夥伴來了再說，你別心急！」高翔舒服地在安樂椅中坐了下了，順手拿起一根雪茄來，點亮了吸著。

他的心中十分高興，因為已經控制住朱四，事情便等於成功一半了，還有一半，他將和木蘭花共同進行，成功的希望更大了！

他估計只要十分鐘，木蘭花就可以來了。

但是，十五分鐘過去了，二十分鐘過去了，木蘭花卻仍舊沒有來，到了三十分鐘時，高翔才聽到花園中有人聲傳進，然後，人聲漸漸傳近，有人敲門。

高翔連忙開門閃身，一個穿著深藍色西裝，看來有五十多歲，下頷上有一粒大痣的男人走了進來。任何人看來，那都是一個男人。

但是高翔卻知道，那是木蘭花的化裝。

木蘭花一進來，便啞著聲音。聽來十足是一個中年男子的聲音，道：「很好，很好。」接著，她便在沙發上坐了下來，翹起了腿。

高翔的心中不禁暗暗佩服，心想別看木蘭花平時那麼文靜，但是扮起男人來卻也像到了十成，他低聲道：「蘭花，你對他說，還是我對他說！」

「你！」木蘭花只是粗聲地講了一個字。

「朱四，」高翔冷冷地道：「我們知道，再過六個小時，將有一個重要的會議在半山x x道x x號召開，你派了兩個代表去，是不是？」

背對著他的朱四，在一聽之後便受了極大的震動，因之身子抖動了起來，過了好一會，才聽得他勉強道：「是。」

從他那個「是」字聽來，顯然是他明知賴不過去了，所以才勉強承認的。

「派的是哪兩個人？」

「于奎，薛成效。」

高翔點了點頭，他當然知道這兩個是什麼樣人，他冷冷地道：「你立即向會議的主持人通話，告訴他，你改派別人了。」

「改派別人？」朱四的聲音有點憤怒，「我已經派定這兩個人了，怎麼可以臨時更改？」

「你必須改派人，因為這關係到你的性命！」高翔冷笑道：「你可要我先在你不要緊的部位開上一槍，然後你才肯聽話？」

「好！」朱四無可奈何，「改派誰？」

「派……王成和李有餘。」高翔隨便揑造了兩個人名。「他們的樣子是，一個穿深藍色西服，領下有一粒大痣，約莫五十歲；另一個四十歲左右，穿黑色唐裝，左手戴翡翠鐲子，鑲四顆金牙，頭髮花白。你可聽明白了？快打電話。」

朱四來到電話機旁，高翔早已替他撥好了電話號碼，這令得朱四又怔了半晌，才接過電話來。他費了好一番唇舌，才獲得和會議主持人通話的機會，然後，又將高翔的話複述了一遍，他竭力強調那全然是他自己的主意。

他放下了電話之後，又道：「現在怎樣？」

「你將參加會議的暗號口令，說給我們聽。」

「看來你們什麼都知道了，還要問我麼？」

「當然我們知道，」高翔傲然說：「但是我們還要聽聽你所說的，看你可是肯講實話，這對你的狗命也可算十分重要。」

「好，」朱四再度屈服，「守門的說『P』，你們的回答是『A』，第二道守門說『S』，你們的回答是『O』，就可以進入會場了。」

在那份文件上，他們早已知道了這個暗號，而且木蘭花也已聽到了「PA」和「SO」之所以被用作暗號，只因為罌粟的學名是Papaver somniferum的原故，採用了雙名制學名的頭四個字母作為暗號，的確是十分聰明，因為這個會議，根本是一個販毒會議！

高翔點了點頭，道：「很好，這證明你的狗命可以暫時維持，但這還要看你是否合作，我們行動的時間還早，你可以睡一覺。」

朱四怒道：「你們以為我睡得著麼？」

高翔笑了笑，向木蘭花望了眼，他奇怪何以木蘭花不怎麼說話，木蘭花等高翔望向她，才道：「那就貴客自理了。」

三個人在佈置豪華的臥室之中僵持著。

半小時後，來了一個電話，朱四接聽，是會議主持方面打來的，詢問他為什麼改派別人，朱四回答說因為另有原因。

然後，朱四又通知原來要參加會議的兩人，他們不必去會場了。一切都進行得相當順利，天色也漸漸地亮了，木蘭花則頻頻打著呵欠，令得高翔心中暗奇。

九時二十分，高翔站起來命令朱四穿衣服。

九時三十分，朱四在中，高翔在左，木蘭花在右，三個人一齊向外走去，保鏢看到了，都十分奇怪，但都沒有人出聲。

九時四十分，汽車在行進途中停下，另一輛汽車追了上來，高翔將朱四移交給兩個警官，吩咐他們嚴加看管，那兩個警官當然是便裝的，而且也不會將朱四帶到警局去的。

九時五十分，他們的車子到了那幢洋房面前，在大門口，他們只是報了姓名，守門人立時用電話通知裡面，他們穿過了花園，來到了大門口時，兩個守門人沉聲道：「Ｐ。」

如果是不明究竟的人，一聽到那人「Ｐ」字，一定是莫名其妙了，他們只要略呆一呆的話，可能立時屍橫就地了！

但是，他們是早已知道答案了的，因之兩人齊聲答道：「A！」

兩個守衛立時側身，讓他們進去。

兩人走進了大廳，又有一個僕人引他們走進了一扇門，穿過了一個走廊，來到另一扇很大的橡木門面前，停了下來，僕人退了回去。

他們在橡木門上，敲了兩下。

一個小孔被打開了，一個人道：「S！」

高翔忍住了心頭的高興，道：「O！」

橡木門「刷」地打開，裡面是一間佈置得極其華麗的會議室，令得高翔幾乎立時要笑了出來的，是會議室主席位後的牆上，掛著一幅照片，照片上的人，有著臃腫而狡猾的臉容，這樣的一個會議，在懸有這樣照片的會議室中舉行，這實在是滑稽之極的事情。

木蘭花顯然也有同感，她摸了摸自己頷下的那粒痣，向高翔做了一個鬼臉，高翔好不容易才忍住了笑，向會議室打量著。

貼門站著八名大漢，主席還沒有來，但別的人幾乎到齊了。

一個穿著制服的人，將他們引到了兩個座位之前，請他們坐下。

高翔向坐在會議桌旁的那些人望了一眼，心中不禁暗自叫了一聲慚愧。那些人中，有一半以上，高翔是認得他們的。

那全是各地著名的犯罪分子！但是他們是如何來到本市的，高翔卻一無所知！

高翔知道那不是本市警方的工作不力，這些人一定是在某方面的大力包庇之下溜進本市來的，可能他們還是以外交人員的身分進來的。

會場中沒有一個人出聲，氣氛靜得令人窒息。

深入虎穴的兩人，心中也不免十分緊張！

高翔的手心已在隱隱出汗了。

在寂靜之中，幾乎連手錶行走的聲音都可以聽得到！

十時正，橡木門刷地打開，一個三角臉的瘦高個子走了過來，那便是某方面一個官方機構的負責人，這個會議的主持者了！

那傢伙才一走進來，便有四名壯漢大踏步跟著走進，幾乎是寸步不離地護在那人的四周圍，以致那三角臉傢伙雖然形容猥瑣，也給人一望而知他是大人物。

所有坐在會議桌旁邊的人，一見到這個三角臉走了進來，一齊站起，表示對會議主持人的敬意，高翔和木蘭花也和眾人一齊起立。

那三角臉來到主席的位置上，四面一看，雙眼中閃耀著十分陰險，凶狠而又狡猾的光芒，使高翔心中暗叫：好厲害的傢伙！

那傢伙坐了下來，擺了擺手，示意別人也坐下，道：「我們還是第一次見面，讓我們先來自我介紹，我叫辛華士。」

辛華士這個名字，是與會的人全知道的，他這番自我介紹，似乎是多餘的。接著，辛華士又道：「各位也不妨自我介紹一下！」

自辛華士的左首起，每一個人都報出了姓名，那些名字，作為高級警務人員的高翔聽來，都令得他又驚又喜，因為這全是各地的巨犯！

高翔偷偷地按了一下他衣服的釦子，那是一具超小型的答錄機，錄音帶薄到只有一萬分之一吋，手指甲大小的一捲，可供錄音七小時。

同時，高翔又將他的左手擱在會議桌上，不時做著不經意的轉動，他手錶中暗藏的攝影機，在不斷地拍攝著照片。

輪到他作自我介紹的時候，他和木蘭花都報上了假名，同時強調是朱四的代表，一切似乎都進行得十分順利。

每個人都介紹完畢了。辛華士用手指節敲著桌子，道：「會議本來已可以正式開始了，但如今因為有一點意外，所以要延遲兩三分鐘！」

他講到這裡，頓了一頓，面上現出了一絲極其陰險的笑容來，然後，在眾人充滿了疑惑的眼光的注視下，他又道：「因為有兩個朋友不肯老實地介紹他們自己，所以，我要代他們介紹一下！」

當辛華士說這兩句話之際，高翔的心中實是吃驚到了極點。他連忙回過頭去看木蘭花，只見木蘭花睜大了眼睛坐著。這時候，高翔除了吃驚之外，心中更充滿了疑惑！

當然，如今的木蘭花是經過小心化裝的，在她的臉上，幾乎找不出絲毫原來木蘭花的樣子來。但是此際，卻連她的神情看來也不像是木蘭花的模樣！

但是在如今這樣的情形下，高翔當然不能湊過去向木蘭花詢問，同時，他也不能現出吃驚的樣子來，他必須保持鎮定。

6 露出破綻

辛華士的話，引起了一陣輕微的騷動。

接著，又靜了下來。

辛華士又冷笑了一下，道：「我要介紹的兩個人，乃是鼎鼎大名的人物，也是我們大家耳熟能詳的人物，他們是——」

辛華士講到這裡的時候，又停了一停。

但是他卻略略地轉過頭來，陰冷的眼光，直射在高翔的身上。

在那一剎之間，高翔幾乎連血液的流動都要停止了！

那分明是他的身分已被識破了！

他們的行動是如此之秘密，高翔實是想不通，何以辛華士一上來，便已經知道了他們的身分，但是事情到了這一地步，難道還會有奇蹟出現麼？

高翔只覺得人像是僵了一樣，背脊之上不由自主冷汗直淋。

而辛華士的聲音卻又繼續了起來，他不急不徐地道：「這位，是本市警方特別工作室主任高翔先生！」

當他口中「高翔先生」四個字一出口之際，驚呼之聲自四面八方響了起來，而高翔本人，卻像是癱了一樣！

「另一位，是在高翔先生左首的，聲名更是驚人了，她便是——」辛華士頓了一頓，才又道：「鼎鼎大名的女黑俠木蘭花！」

「女黑俠木蘭花」這六個字自辛華士的口中吐出來之際，有兩三個人竟慌張到立時要奪門而走了，但是他們立即想到，在如今這樣的情形下，佔上風的是他們，這才又停了下來，可是他們的臉色仍然是十分難看，蒼白恐怖。

高翔苦笑了一下，心中暗暗叫道：「完了！完了！完了！」

辛華士又笑了起來，道：「這兩位，是東方三俠中的兩個人，他們能夠光臨參加我們的會議，我們自然十分榮幸，但是，我們卻不歡迎——」

他講到這裡，陡地一拍桌子，「叭」地一聲，人也隨著這一拍，而霍地站了起來，看著他滿臉煞氣的樣子，高翔又是一陣心寒！

高翔並不是無勇無謀的人，這時，他心中固然陣陣生寒，但是在剎那之間，他卻也心念電轉，不知想了多少辦法！

他想到要不顧一切地動手，向辛華士撲去，或是立即穿窗而走，但是他知道，這些想法，沒有一個是可以行得通的。

是以他只好仍然坐著，一動也不動。

令他心中唯一覺得可以安慰的是，木蘭花在他的身邊，也一動不動，可知木蘭花也是抱著以不變應萬變的態度。

辛華士講到了「我們不歡迎——」之際，在他手旁那具電話，突然響了起來，這使得辛華士的臉上，現出了十分驚訝的神情來。

他顯然是在驚訝，什麼人在打電話給他。

他拿起了電話聽筒。

這時候，整個會議室中的氣氛緊張到了極點。當真是連一根針掉在地上都可以聽得到，所以，電話筒一拿起，從電話筒中所傳出的那一陣清脆的笑聲，也是人人都可以聽得到的，一聽到那一陣笑，那幾個人又陡地面上變色，站了起來！

那是木蘭花的聲音！

高翔也聽出來了，那是木蘭花的聲音！

辛華士當然也聽出來了，是以他的面色突然陡變！

「辛華士先生！」木蘭花的聲音繼續從電話聽筒中傳了出來：「我怕你剛才的介紹有些錯誤，我正在離你的屋子兩百呎左右，居高臨下看著你們的屋子哩！」

辛華士的手在不由自主地發著抖，他怒目瞪著高翔，這時，連高翔也不知道究竟是怎麼一回事，他轉過頭去看他身邊的「木蘭花」。

而這一次，他卻一眼就看出來了，在他身邊的，根本不是木蘭花，那是穆秀珍！高翔不禁失聲道：「秀珍，是你啊！」

穆秀珍低聲道：「別出聲！」

辛華士一揮手，自牆處突然出現了兩道暗門，從暗門之中跳出了八個人來，手中各持著武器，站到了高翔和穆秀珍的身後。

高翔這時候的心情，可以說亂到了極點！

因為一時之間，他完全猜想不出是有了一些什麼樣的變化，才會有目前這樣令人莫名其妙的場面出現，他只好苦笑，不斷地苦笑！

辛華士冷冷地道：「木蘭花，就算你漏網了，可是我剛才也未曾講錯——東方三俠中的兩位是在我們這裡，我警告你，如果——」

「我先來警告你！」木蘭花的聲音十分大，人人都可以聽得見，她的聲音打斷了辛華士的話頭，「剛才我說我居高臨下地對著你的房子，我還沒有說是有一班炮兵跟在我的身邊的，在那麼近的距離，如果我一聲下令開炮的話，命中率會怎樣？」

「你以為可以嚇倒我麼？高翔和穆秀珍兩人怎樣，他們不要性命了麼？我看，為了見他們最後一面，你也快過來吧！」

「你以為我發的是普通的炮彈麼？我發的是凝固汽油彈，高翔和穆秀珍兩人都穿著石棉衣，他們逃生的機會是百分之九十五，你們這些人呢？就算衝出了火窟，外面也已被包圍了，誰能夠衝出猛烈的火窟之後，再衝出密集的子彈網？」

由於人人都可以聽到木蘭花的聲音的原故，是以會議桌旁的那些人，有一大半以上，面色已經變得十分之難看，幾乎是死灰色了！

這些人，全是各地犯罪組織的頭子，多年犯罪，使他們大都已成了巨富，如今他們和初闖江湖時不可比了，他們已十分珍惜自己的性命，只願做些沒有風險，而又有利可圖的事情，一想到有生命危險時，人人都不禁駭然之極！

「哈哈！」可是辛華士卻反而笑了起來，道：「木蘭花，可是你卻忘記一件事情了，這裡是外交機構，你敢胡來麼？」

「當然可以，為了消滅你們這一群來自世界各地的巨奸大惡，我什麼事不敢做？燒了你們的屋子，誰知道是怎麼起火的？」

辛華士的面色也開始變白了！

「辛華士！」木蘭花的聲音，越來越是嚴厲，「我限你在三分鐘之內，將高翔和穆秀珍兩人送出來，你們的會議也需解散，不再舉行，超過三分鐘，我就不客氣了，看看你們能不能逃出凝固汽油彈所發出的猛烈火焰！」

「啪」地一聲，木蘭花話一講完便收了線。

高翔緊緊地握著拳頭，等候著事態的變化。

辛華士也放下了電話，但是他的手卻仍然在電話之上，會議室中，十分沉靜，在難堪的沉靜之中，一分鐘過去了。

一個胖子抹著額上的汗，突然道：「我……要出去透透氣！」

會議室中的空氣，其實很好，但這時，幾乎毫無例外地，每一個人都有窒息之感，胖子的話立即得到一片附和聲。

「誰敢出去！」辛華士怒吼一聲。

但是，高翔卻聽得出，他的聲音有些發抖。

又是一分鐘過去了！

剛才沒有變色的人，這時面色也蒼白了，每一個人都看著手錶，辛華士猛地在桌上捶了一拳，叫道：「押他們兩人出去！」

辛華士這句話一出口，各人都鬆了一口氣！

高翔直到此際才覺得自己的頭部不是僵直的，而是可以轉動的，他轉過頭去，向穆秀珍望了一眼，穆秀珍卻向他做了一個鬼臉！

兩人站了起來，八名壯漢押著他們走了出去，到了門口，一輛車子駛了過來，那是警方的車子，高翔一上車，車子便疾駛而出。

「蘭花在什麼地方？」高翔問。

「在家中。」司機回答，「是她吩咐我駕車在門口等候，一見有你們這樣的兩個人出來，便立即讓你們上車，駛去見她。」

「你知道我是誰？」

「不知道。」

「豈有此理，連我的聲音也聽不出來麼？」

駕車的警員驚愕地轉過頭來，道：「高主任，原來是你？這是怎麼一回事？」

「怎麼一回事？」高翔不禁苦笑，「連我也不知！」

高翔一面說，一面向穆秀珍望去。

穆秀珍道：「別看我，我也不知道，我只知道蘭花姐什麼都準備好了，在等你的電話，可是你的電話一來，她卻發起呆來——」

「就是昨天晚上麼？」

「是啊，她呆了一會，忽然令我照她的樣子去化裝，叫我到朱四的家中去見你，又叫我冒充是她，切不可露出馬腳來。同時，她給了我一具小型的無線電聯絡儀，說是我們的身分如果暴露了，就按一下按鈕，她那裡的接收儀就會發出嘟嘟聲了，這一切，我都照做了，而且做得還算不錯，是不是？」穆秀珍得意地笑了一下，隨即又拍了拍心口。「就是剛才在會議室中，我嚇得幾乎一動也不會動了，還是你夠鎮定。」

高翔不禁啼笑皆非，忙道：「那麼，蘭花是知道我們的身分已經被別人知道的了？」

「當然是！」

「她怎麼知道的呢？」

穆秀珍將臉上的一個面具輕輕地揭了下來，回復了本來面目，道：「那我就不清楚了，見到了她，不是可以明白了麼？」

「吁——」高翔深深地吁出了一口氣，說：「好險！」

「蘭花姐哪裡有什麼炮彈？我剛才真嚇壞了！」穆秀珍也有同感，是以她仍然不斷地在拍著胸口，直到車子停了下來。

車停在木蘭花家的門口，兩人下車奔了進去。

木蘭花正在客廳中彈著琴，兩人進來之後，她又彈了一會，才停下手來，笑道：「你們回來啦？我的心理攻勢收了效。」

「蘭花姐，」穆秀珍猶有餘悸，「這樣子的事，下次我可不敢了，你想想，如果辛華士識穿了你的謊話，我們怎麼樣？」

「他沒有機會識破我的謊話的，因為我先掛斷了電話，逼得他非相信我不可。就算他不相信，會議室中其餘人的神情，也會使他相信的。」木蘭花鎮定地回答。

兩人想起剛才會議室中的情形，的確是如此，心中不禁對木蘭花料事如神的本領，表示十分佩服，一齊讚嘆了起來。

其實，木蘭花也沒有未卜先知的本領，只不過她掌握了人的心理變化，精闢地分析了一切情形，所以才能夠這樣。

「那麼，你是如何知道出了毛病的呢？」高翔問。

「唉，我們一開始就受了愚弄！」木蘭花嘆了一口氣。

「一開始就受愚弄？」高翔不明白。

「是的，從小賣家蘇祿來找我起，就是一個圈套，而我們雖然曾經懷疑過這是一個圈套，但由於這個圈套佈置得巧妙無匹，所以我們仍是不由自主地一步一步走了進去，直到最後，才給我捕捉到了一點破綻，引起了我的大疑心！」

高翔想要開口，可是木蘭花卻擺擺了手，阻止了他。

「對方是十分高明的，」木蘭花繼續說著：「首先，他們利用了蘇祿，蘇祿以前對販毒集團不滿，朱四又佔了他的戀人，他的確曾向警方告密，做過一些好事，但是這人終究是個極其卑鄙的小人！在朱四許以厚利之後，他又死心塌地了！」

「去將他抓起來！」高翔怒氣沖天地說。

「何必呢？我們終於搗散了這個罪惡會議，不也是因為蘇祿而起的麼？他想害我們沒有害成，反倒對警方有利了！」

「可是能讓他逍遙法外麼？」

「我看，這次罪惡會議一定會改期、易地的，警方可以掌握這個機會，大肆渲染一下，使市民對警方增加信心。」

高翔點了點頭，同時心中不免覺得慚愧，因為，如果不是木蘭花在緊要關頭看出了有破綻的話，如今，他和穆秀珍兩人都雙雙在賊窟之中，毫無反抗餘地了！

「蘇祿來的時候，我就疑心這是一個圈套，但是那份文件，卻使我改變了對蘇祿的看法。」木蘭花講到這裡，略頓了一頓。

高翔不禁臉上紅了一下，因為當日，在他的辦公室中研究自蘇祿處得來的文件之際，是他竭力主張相信那份文件的，木蘭花持懷疑的態度，卻給他說服了。

「高翔，你不必難過，」木蘭花像是看穿了他的心意，立即又道：「你的評估是正確的，那份文件的確是真的！」

「啊！」高翔驚呼了一聲。

「文件是真的，對方將真的文件通過蘇祿的手交給我們，也只有用真的文件，才能誘使我們一步步地向他們布下的圈套之中走去，如果他們用假文件的話，你想我們會上當麼？連文件後面的信也是真的，他們料到了我們一定會採取什麼行動的！」

高翔恍然大悟地點了點頭。

「我們走進了圈套，」木蘭花續道：「我們準備去對付朱四，準備讓他派我們進入會議場所，這一切，朱四全是早已知道了的，正因為朱四早知道了，所以他才露出了破綻，你可記得麼？當你制住了他的時候，打電話給我時，我問你在他身邊是什麼女人？」

「是的，他身邊沒有女人——」高翔只講到這裡，心中更是完全明白了！而當他心中完全明白了之後，他更是佩服木蘭花了！

因為這是一個極細的細節，是任何人都會忽略過去的，但也是任何人一經提醒，就會明白過來的，尤其像高翔那樣熟知朱四性格的人，更是一經想到，便立時會恍然大悟的！但是，是經人提起才想到，還是自己想到，那卻不大相同了！

朱四是一個著名的色鬼，他的小老婆有八個之多，他每天晚上都要女人作陪，而當高翔偷進去的時候，他卻是一個人在臥室中！

木蘭花就是根據這一點，所以才判定其中必有古怪的，古怪的最大可能，就是朱四早知高翔要來，所以才獨自等候的！

朱四以為少一個女人在旁，使得高翔進行「綁架」工作的時候，可以順利一些。高翔的工作越順利，他們的圈套便也越是成功！

但是朱四卻做夢也想不到就在這一點上弄巧成拙，露出了破綻，是不是真的證明那是一個圈套，所以她才命穆秀珍去假扮自己，而木蘭花事先沒有將這一點告訴高翔，也是大有作用的。

她知道，如果那是一個陷阱，那必然是在會議一開始之際，高翔的身分便被當眾揭露，這是極其危險的時候，如果高翔貿然有什麼動作，那麼他是必死無疑的。而如果高翔知道在自己身邊的是穆秀珍而不是木蘭花，那麼他連最後的一分鎮定也會消失，他就可能貿然行動。而事實上，當時高翔之所以未曾妄動，也全是因為他身邊的「木蘭花」未曾亂動的原故！

高翔不妄動，木蘭花的心理攻勢才能夠一步又一步地展開，才能夠將誤入賊窟的高翔和穆秀珍兩人再安然地送出來！

木蘭花當然未曾處身在那幢房子之上，也未曾率領一個炮兵班，以凝固汽油彈準備攻擊那幢房子，她只過是通過了警方，要電話公司派出兩個工程師，將她家中的電話和辛華士的電話接通，而且，還使得她的聲音特別加大，使得其他與會的人也可以聽到她的聲音！

她掌握了與會眾人的弱點，所以終於取得了成功！

當木蘭花將這一切講出來之際，高翔自然佩服得五體投地，木蘭花欠了欠身子，道：「高翔，我看你該去吩咐將朱四放出來了！」

「將他放出來？這畜牲？」

「是的，你沒有證據，也不能拘留他不放，如今放了他，他作賊心虛，也不敢怎樣，如果再扣下去，他委託律師出來，警方反倒惹麻煩了。」

「是，是。」高翔被木蘭花一言提醒，便急急忙忙去打電話，吩咐手下將朱四放走，直到這時，他才覺得自己已然十分疲倦了。

他在沙發中坐了下來，道：「蘭花，我們可以說已白忙了一場，那個幹下四宗巨案的人，是不是和這次罪惡會議有關，我們仍然不知道。」

「我想……」木蘭花才講了兩個字，電話便響了起來，穆秀珍拿起電話，才聽了聽，便交給高翔，道：「是找你的，好像是方局長。」

高翔接過電話，只見他才聽了兩句話，面上的神色就變了，他一連「噢，噢」地應著，神色越來越是緊張。

等到他放下電話的時候，他人只是怔怔地發呆，過了好一會，他才喃喃地道：「不可能，那簡直是不可能的事情！」

「可是又有竊案發生了？」木蘭花胸有成竹地問。

高翔這時也不及去驚訝何以木蘭花會知道的了，他只是點了點頭，道：「這一次，失竊的是殷百萬家中的保險櫃！」

木蘭花的神態本來是十分鎮定的，可是她一聽到失竊的是殷百萬家中的保險櫃時，她也不禁聳然動容！

殷百萬的真名是殷百邁，因為他是巨富，所以人人都叫他殷百萬，他是好幾家輪船公司的董事長，並在某地擁有一個極大的橡樹園。

本市的豪富很多，殷百萬也只是其中之一，並不是十分特出的人物，但是殷百萬卻在人們的口中傳誦得特別多！

那是因為殷百萬的家中，有著一件價值大到無法估計的寶物之故，這件寶物，是殷百萬家中祖傳的，那是一只翡翠雕出的南瓜。

那只南瓜，直徑一呎四吋，是用一整塊品質極佳的翡翠所雕出來的。那麼大的一塊翡翠，雖然價值驚人，但還是可以估價的。

而無法估價的原因，是因為這只玉瓜的頂可以揭開，頂被揭開之後，是一個直徑四吋的孔。而瓜的內部卻是鏤空的，內部刻的是一個十字街口的情形，馬、人、各種各樣的店鋪，全都具體而微，人大約只有半吋高下，但是卻栩栩如生。

最使人嘆為觀止的是，一家綢緞鋪的掌櫃，手中拿著的一只算盤，算盤上的珠子竟全是可以活動的，總共有七十六個人，四匹馬，十三家鋪子，無一不是鬼斧神工，當真可以稱得上是無價之寶，稀世的珍品！

這樣的一件寶物，實在是無法估價的。

每隔一年，殷百萬必然將這件寶物公開展覽三小時，一方面由於監守嚴密，另一方面由於展覽的場地事先不宣布，而且展出的時間也只有三小時，無從計畫偷竊的方式，雖然有許多歹徒對之垂涎欲滴，也無法下手，歷年來也相安無事！

而殷百萬家中的保險庫，也是美國一個專家前來特地設計的，四周圍全是極厚的水泥牆，進保險庫，要經過三道門，每一道門的密碼，全只有殷百萬一個人才知道，三道門之後，開啟保險庫的門，還要經過一道更複雜的密碼手續。

那是號稱連微生物也沒有法子混進去的地方！

但是，竟然出事了！

穆秀珍跳了起來，道：「可是那隻翡翠瓜給人偷走了？我記得，再過幾天，就是它公開展出的日期了，是不是？」

「是的，偷走了那無價之寶的人，向殷百萬勒索五十萬美金，他還說，如果殷百萬不想付的話，由警方來付這筆錢，他也照收的。」

「那麼他是存心和警方作對了？」秀珍問。

「可能是和我作對。」木蘭花冷靜地說。

高翔和穆秀珍兩人，都以奇怪的眼光望著她。

木蘭花將她曾經接到過那人電話的事情講了一遍，高翔嘆了一口氣，道：「他說，如果三天之內他收不到錢的話，那麼他就將這件無價之寶切成四片出售，他說他至少也可以賣到這個數字。」

木蘭花來回走了幾步，道：「不必急，這次我們倒反而有線索了，他要我們如何和他接頭，如何將錢送到他的手上？」

高翔站了起來，道：「方局長在殷家，他要我馬上就去，你們去不去？我們一面趕去，一面再討論，好不好？」

7 最聰明的勒索者

木蘭花點了點頭，穆秀珍首先衝了出去，一分鐘之後，三人已在疾馳的車子之中，向殷百萬的家趕去了。

在車中，高翔才道：「我看沒有什麼線索可循，他吩咐的付款方法十分特別，他給了一個帳號，要我們將款子匯到一家在瑞士的銀行中去！」

木蘭花聽了，不禁呆了半晌道：「真厲害！」

高翔苦笑著搖搖頭道：「我怕他是最聰明的勒索者了，瑞士銀行對客戶的保密是世界出名的，聯軍法庭想通過瑞士銀行來調查納粹戰犯的存款，都未能達到目的，如果這筆錢匯到了那銀行中，我們雖然可以知道一個瑞士銀行的帳號，但是一點用處也沒有。」

「那的確是十分聰明的辦法……」木蘭花低聲地講了一句之後，便陷入了沉思之中，直到快要到達殷百萬的家，她才抬起頭來。

當她抬起頭來的時候，高翔在她的臉上看到了一個十分安詳的笑容，像是什麼事情也未曾發生過一樣，更不像是她到這裡來，是為了查勘關係重大，曲折離奇的案件！高翔和木蘭花相處得久了，是以他一看到木蘭花臉上的那種笑容，心中便不禁一喜，他知道，木蘭花已胸有成竹了！

木蘭花剛才的沉思已有了結果，可是，高翔正待問她得到了什麼線索之際，已經到了殷百萬家的門口了，那是一幢古老而又大得異乎尋常的花園洋房。

在花園洋房前，已佈滿了員警。高翔看到那些警察，又忍不住苦笑了一下，這是名副其實地「賊過興兵」，那盜走了無價之寶的人，還會在這裡面？

兩個警員代替了殷家的守門，一看到高翔的車子駛來，便立時推開鐵門，車子直駛了進去，在石階前面停了下來。

他們跨出了車子，便聽得一個高亢尖銳的聲音叫道：「非找到不可，我不出錢，但是東西非找到不可，警方如果連我的東西也不能保護，這太低能了！」

隨著那高亢的聲音的，則是方局長低沉緩慢的聲音，道：「殷先生，警方有責任保護每一個市民，你並沒有什麼特別！」

「砰」地一聲響，也不知道是殷百萬摔壞了什麼東西。又聽得他咆哮道：「我不是市民麼？我的東西你們保護到了沒有？」

高翔皺了皺眉頭，首先踏進了大廳。

殷百萬是世世代代相傳了好幾代的大富戶，客廳中陳設得華麗富貴，那是不必多花筆墨來形容的了。但是他的人，卻瘦得像猴子乾一樣，縮在一張老大的天鵝絨沙發之中。尤其是他所戴的那副玳瑁邊的眼鏡，更給人看來十分滑稽的感覺。

他正滿面怒容，瞪著在來回踱步的方局長。高翔走了進來，方局長立時停了下來，道：「你來了，很好，蘭花呢？蘭花，事情你是知道的了，你的意見怎樣？」

方局長顯然是真的著急了，是以一反他平時的鎮定，竟然一見面就問起木蘭花有什麼意見來，木蘭花卻只是淡然地笑了笑。

「她是誰？」殷百萬指著木蘭花問。

「如果你想得回你的東西，」高翔毫不客氣地道：「那麼，在有非常的客人來到的時候，你就應該站起來，這是起碼的禮貌。」

「你是什麼人？滾出去！」殷百萬怒吼著。

方局長的忍耐顯然也到了極點，他竟破例地冷面道：「你若是不想警方去緝捕竊賊，那我們自然會告辭的！」

殷百萬乾瞪著眼睛，無話可說。

過了好半晌他才道：「你們能找得回來麼？」

「這個，要看你對我們的態度怎樣，才能決定！」高翔吊兒郎當地走到一個大玻璃櫥櫃前，推開櫥門，在幾百個花玻璃酒杯中，取了一只白蘭地杯，又毫不客氣地取了一瓶「Age Unknown」的超級白蘭地，倒了半杯，又吊兒郎當地走了回來。

殷百萬氣得乾瞪眼睛，卻又無可奈何。

「殷先生，」方局長向高翔眨了眨眼睛，他剛才受足了殷百萬的氣，這時對高翔的動作表示十分欣賞，「這位是警方特別工作室高主任，這位小姐，便是大名鼎鼎的女黑俠木蘭花，為了這個案件，警方特地請她來相助的！」

殷百萬瘦骨嶙峋的臉上本來是一臉傲倨之色的，但是他一聽「女黑俠木蘭花」六個字，也不禁立時「啊」地一聲，站了起來道：「幸會，幸會！」

木蘭花淡然笑道：「不必客氣了。」

「有木蘭花小姐幫助，」殷百萬瞪了方局長和高翔一眼，「我看失去的東西，是一定可以找得回來的，我放心了！」

「殷先生，你錯了，如果你不相信警方的力量，那麼你失去的東西，可能永遠找不回來！」木蘭花冷冷地斥責他。

殷百萬頓時感到十分狼狽，道：「沒有什麼不相信，我……事情一發生，我就打電話請方局長來了，我是相信警方的。」

木蘭花、高翔和方局長三人心中都感到好笑！

當然，方局長和高翔兩人也是不敢太過分地得罪殷百萬的，因為殷百萬在本市的勢力十分龐大，足以影響政壇的，所以，高翔忙將話題引到正題上去，道：「那麼，殷先生，請你帶我們去看一看出事的現場，再回答我們幾個問題，可以麼？」

「可以的。」殷百萬的態度好了許多。

他開始向前走動，原來倚立在大廳一角的兩個私家護士立即過來扶他，殷百萬大聲道：「不必扶，我走得動，陳醫生，你回去吧！」

在大廳的一角處，有一個人站了起來，答應了一聲。

那一角處，還有好幾個人坐著，可能他們是殷百萬的秘書等人，高翔和木蘭花只是隨便望了一眼，便跟著向前走了出去。

殷百萬自邊門外走出了大廳，通過一條短短的走廊，便來到一扇極大的門前，那門是桃花心木的，利用天然的木紋，拼成了美麗的圖案。

殷百萬取出一柄鑰匙來，打開了門。

在他還沒有將門拉開之前，他道：「這是第一關。」

接著，他拉開了門。

「五秒鐘。」高翔突然道。

「什麼意思？」

「打開這扇門對一個有經驗的人來說，只消五秒鐘的時間就夠了。」高翔補充著他剛才那句話所未盡的意思。

「可是，這扇門呢？」殷百萬拉開了桃木門。緊貼著桃木門的，是一扇銅門，「這是第二關，需要多少時間才能打得開？」

那是一扇保險庫的門，有著四個號碼轉盤，顯然，要對準了號碼才能將門打開。

高翔略看了一看，便道：「讓我來試試！」

他踏前兩步到了門前，雙手開始靈巧和迅速地轉動著數字盤，耳朵則貼在門上，仔細地聽著轉動時發出的聲音。不一會，高翔退後，用力一推，門被推開了。

木蘭花立即道：「一分四十七秒。」

殷百萬呆了半晌，在他看來，不到兩分鐘的時間便弄開這一扇門，那是不可想像的事，他呆了半晌才道：「請進來。」

那道銅門之內，是一條只不過五呎寬的走廊。走廊是鋼骨水泥的，據稱厚度達三呎，也就是說，若不是從門中走進來的話，是絕對不可能由別的途徑來到寶庫之中的。

走廊約七碼長，到了盡頭處，面前又是一扇鋼門。

殷百萬在剛才多少有一點沮喪，但這時，他卻恢復了神氣，道：「高先生，這扇門呢？你要花多少時間才打得開？」

高翔向那扇鋼門一看，也不禁為之一呆。他見過各種各樣的門，但是卻從來也未見過如同眼前這一扇那樣的。

眼前這一扇門，是平滑的鋼板，上面沒有一個小孔，只是一塊平滑的鋼板！

高翔看了半晌，轉頭向木蘭花望去。

木蘭花鎮定地道：「我想這是最新型的，用某特別的聲音來控制關闔的電門，而且我相信，能令得門打開的，一定是殷先生的聲音。」

「對，正是如此，只有我的聲音才能令得這扇門打開，有一次，我患了傷風，甚至於也無法由這扇門中進去哩！」

殷百萬得意地說著，然後大聲道：「我來了，開門！」

在門上的一列小紅燈，次第地亮了起來，接著，便看到面前的那扇鋼門，向上升了起來，升高了七呎才停止移動。向前望去，前面仍然是一條走廊。

那條走廊更短，在走廊的面前，又是一扇鋼門，殷百萬帶著眾人，來到了那門的面前，道：「這是第四關，這一關更難過了。」

高翔和木蘭花一齊向那扇鋼門看去，都不禁呆了。

只見那一扇鋼門當中，有二呎見方的一塊，上面滿是英文的字鍵至少有一千多個之多，有時一堆「Ａ」字在一起，有時又有一個「Ａ」字在另一個角落，總之，組成是絕對沒有規律的。

木蘭花看了片刻道：「這應該是沒有第二個人可以打得開的！」

「對！除了我！」殷百萬開始講的時候很神氣，但是他隨即沮喪了起來，苦笑道：「至少還有一個，就是那個盜賊！」

木蘭花點了點頭道：「這是一個非凡的人。」

殷百萬「哼」地一聲，道：「這個鎖，要一句密碼才能打得開，那句密碼是：我是一個富翁。這句密碼只有我一個人知道。而且，知道了密碼，這是沒有用的，這上面有一千多個英文字母，光『A』字就有五十個之多，密碼中用到的字母，要按下哪一個『A』字，也是有規定的，如果按錯了一個字，那麼，警鈴聲大作，另一扇鐵門便會關起，將人關住，聽候捕捉。連我自己每一次開門的時候也得小心翼翼，唯恐弄錯，我真難想像別人有什麼法子弄得開！」

殷百萬一直講著，木蘭花等人也用心地聽著。

等到殷百萬講完，木蘭花忽然問道：「殷先生，你是一直喜歡戴這樣寬邊眼鏡的麼？還是今天偶然戴上這副眼鏡的？」

殷百萬呆住了，方局長和高翔兩人也呆住了，因為他們都不明白，何以木蘭花會發出這樣一個和事情全然不相干的問題來，所有人都十分奇怪地望著木蘭花。

過了好一會兒，殷百萬才道：「是的，我喜歡寬邊眼鏡。」

「你能脫下眼鏡來借我看一看麼？」

「噢，可以的。」殷百萬儘管心中不怎麼樂意，也在暗忖木蘭花可能有點神經病，但是他還是將眼鏡取了下來，拿給了木蘭花。

木蘭花略看了一看，便道：「這眼鏡最近去修過嗎？」

殷百萬張大了口，合不攏來。

過了好一會，他才連連點頭道：「是！是！」

木蘭花將眼鏡還給他，卻又不再說什麼，只是嘆了一口氣，道：「你開這門吧，我們想見識一下這超特別的字母鎖。」

殷百萬戴上了眼鏡，一個一個字母按著，等到他按下整句密碼，伸手一推，推開了那扇門，才看到了那碩大的保險櫃。

當然，打開保險櫃仍是需要不少工夫的，打開保險櫃之後，看到中心有一個一立方呎的空間，那是放那件無價之寶的。但如今，這格卻空著。

殷百萬面色憂鬱，道：「這翡翠瓜就是放在這裡的，蘭花小姐，那真是無價之寶，看到了之後，令人有說不出來的舒服！」

「我知道，」木蘭花道：「我在公開展覽的時候曾經見過，那的確是稀世奇珍，殷先生，你大約每隔多少時候來看它一次？」

「大約三天——」殷百萬覺得有點不好意思，忙又補充道：「那是因為它快要公開展覽了，所以我才看得勤一點的。」

木蘭花點了點頭，道：「這的確是非凡的保險設備。」

「可是我卻失了無價之寶！」殷百萬大聲道。

「你失去的東西，我可以替你找回來，但是，那盜寶的人要求的那筆錢，你必須先依言匯去，我保證，你一定可以收回那筆錢，當然，如果你肯將那筆錢放棄，作為絲毫無損地得回原物的代價，那麼我進行起來，一定更方便了。」

「這個……」殷百萬十分不高興，「我又何必要警方協助？這錢我是無論如何不出的，而是，此風也不可長，本地的警政——」

「好，那就算了。」木蘭花打斷了他的話頭。

「那麼我的寶物呢？」殷百萬怒問。

「你的寶物？那是你的事情。」木蘭花淡然道：「至於本地警政是好是壞，方局長和高主任兩人也負責不了多久了，我想大選之後，他們一定會辭職的，是不是？」

木蘭花向兩人使了一個眼色，兩人立即明白了她的意思。

「是啊，那與我們有什麼關係！」高翔聳了聳肩。

殷百萬提到本地的警政，顯然是想以此來要脅方局長的，但是卻反而被木蘭花先「將」了他一「軍」，令得這頭老狐狸無法可施了。

他怒氣沖沖地向外走著，木蘭花等人則若無其事跟在他後面，像是對這件事完全不放在心上一樣，甚至還講著笑話。

等到來到了大廳中，殷百萬才無可奈何地道：「好，我可以先將錢匯去，但是我不但要物歸原主，這筆錢，我也要要回來的！」

木蘭花道：「那要聽天由命了。」

殷百萬怒道：「你們警方——」

「嗄！」高翔伸手止住了他，「如果你認為我們不好的話，那我們根本不必展開工作，等我們的下一任來破案好了。」

殷百萬漲紅了臉，怒氣沖天，但是他卻不得不道：「好！算我倒楣！」

木蘭花向方局長做了一個手勢，方局長道：「我想我們應該告辭了，明天一早，就請你匯錢去，先將東西贖回來再講。」

殷百萬怒哼了一聲，算是答應。

方局長等一行一齊離開了殷家，一路上，木蘭花並不說什麼，方局長也保持著沉默，一直等到了木蘭花的家中，坐定之後，木蘭花才道：「那個幹這幾件案子的人，所用的方法是同樣的，講穿了，其實可以說一點也不稀奇！」

高翔忙道：「你剛才問殷百萬的眼鏡，是什麼意思？」

木蘭花道：「毛病就是出在他的眼鏡上，殷百萬的眼鏡，龐天書桌上的筆座，以及其他三件案中，必然是有一點東西給那人利用的。」

「我不明白。」方局長來回地踱著。

「那人一定是一個非凡的科學家，可能發明了超小型的電子管，這種電子管小到了異乎尋常的程度，這種電子管製成的儀器，可以放在寬邊眼鏡架之中，這種儀器，可以自動錄下聲音，自動攝得活動圖片，它安放在眼鏡架上，試想，再複雜十倍的保險庫，也可以走進去了！」

「噢，你剛才已發現了這一點麼？」

「沒有，到如今為止，這還只是推測。眼鏡可能在事後已換過了，或者那人買通了殷百萬宅中的人幹的，這卻不必深究了。」

「蘭花，在未到殷百萬家之前，你好像已經胸有成竹了，可是你已有破案的線索了麼？」高翔充滿希望地問著。

「談不上是線索，不過有一個可以導循的方向。」

「能講麼？」

「這個……暫時我想不必講了。」木蘭花伸了一個懶腰，「我要休息了，明天上午，我將到警局來和你們兩人會晤。」

高翔和方局長一齊站了起來，告辭而去。

第二天早上，木蘭花化裝成一個看來十分普通的中年男子，到了本市的電報局中，電報局的負責人在門口等她，和她一齊進了辦公室。

這位電報局的負責人是久仰木蘭花大名的，木蘭花是通過方局長和這位局長聯絡好，要電報局長給她工作上的方便。

電報局長和木蘭花談話之際，失禮地一直盯著木蘭花。

這其實難怪他，因為木蘭花在這時看來十足是一個中年男子。以下是他們兩人的對話：

「請問局長，從瑞士拍來本地的電報或長途電話多不多？」

「不多，但也經常有。」

「我可以肯定，今天會有一封電報，或是電話，是從瑞士來的，我想，如果是電報，這封電報便由我去送，如果是電話的話，我想迅速地得知那個電話號碼，是不是可以？」

「這個……既然是方局長派來的，當然可以特別通融，我答應你。」

「請先給我一套信差的制服，我可以一接到電報就走，免得耽擱時間。」

「可以的。」

十五分鐘後，木蘭花在外表上看來，已和電報局的任何信差並無二致了。她和殷百萬通了一個電話，款子已經電匯出了。

木蘭花耐心地等著。這時候她在等待著的，就是高翔所說的「線索」，也就是她說的那聰明賊的一個小破綻。

那人吩咐殷百萬將款項匯到瑞士的一家銀行去，這件事，從表面上來看，幾乎是天衣無縫。由於瑞士銀行傳統的保密制度，絕對不會透露他們客戶的姓名的。

但是，那人有什麼法子知道款子匯到了呢？當然，瑞士銀行方面會通知他的。然而那人又說款一匯出，立即可以將寶物歸還，由此可知，瑞士方面的通知，一定是十分快捷的方式，是電報，或者是長途電話。

據木蘭花的推測，是電報的成分居多，因為銀行對客戶用長途電話聯絡的情形似乎還不多見，而電報聯絡，則是很普通的事情。

只要木蘭花得到了那封電報，依址送上，那麼即使不能立即和這個非凡的竊賊相見，總也是相當接近，大有頭緒的了。

所以木蘭花只是用心地等著。

當木蘭花在電報局中靜候之際，穆秀珍、高翔和方局長三人，也在警局的辦公室中等她，他們不知道木蘭花去做什麼了。

由於木蘭花感到這次的對手，是一個極其聰明，非同凡響的人，所以她的行動保持著極度的小心，不讓對方得知任何消息。

若是知道她行動的人多了，那麼消息便容易在無意之中漏了出去，她也就不能成功了，所以她只是一個人進行著。

送電報的人進進出出，木蘭花不免有些心急了。

十一時三十分，電報局長拿著一封電報，急匆匆地來到了她的面前，低聲道：「瑞士一家銀行拍來的，這是你所需要的麼？」

「電文是什麼？」木蘭花連忙問。

「錢已入尊賬，就是這一句。」

這封電報毫無疑問，便是木蘭花所需要的，木蘭花接過了電話，看了看地址，那是一個中等的住宅區，木蘭花在電報局的門口，騎上了小型摩托車，依址而去。

七分鐘之後，她已在一幢大廈的電梯中了，到了六樓，她來到了B座的門前，那門口完全像是一家普通的人家，裝著一扇鐵門。

按鈴之後，來開門的是一個年輕人。

那是一個十分英俊，高大的年輕人，他的年紀，不會超過二十歲，他的頭髮帶著天然的鬈曲，使得他看來更是瀟灑。

他的衣著很隨便，但令人看起來覺得十分舒服。他的雙眼中，閃耀著智慧的光輝，使人一看就知道他是一個極有頭腦的人。

「電報！」木蘭花簡單地道：「請簽收。」

木蘭花一面說，一面將電報從鐵門中遞了進去，那年輕人接過了電報，忽然笑了起來，道：「木蘭花小姐，要你親自送來，真太不好意思了！」

木蘭花陡然呆住了！她一生之中，只怕從來也沒有那麼尷尬過，這時候，她真可以說是狼狽之極了，她承認也不是，不承認也不是，站在門口，不知所措。

足足有半分鐘之久，木蘭花才恢復鎮定，道：「先生，請你簽字。」

她將那年輕人的話裝作完全莫名其妙，也不去追問。

8 許敗不許勝

那年輕人的臉上閃過了一絲疑惑的神情，他打開了鐵門，道：「木蘭花小姐，你不進來坐麼？你是特地來的，是麼？」

木蘭花的臉上現出了恐怖的神情來，向後退去，道：「先生，請你快簽字，簽了字，我好回去，你講些什麼話？」

那年輕人頓了一頓，然後才啞然失笑，道：「對不起，或者是我認錯了人，請不要介意。」他一面說，一面便轉過了身去。

但是，當他一轉過身去之際，木蘭花便立即回復了女聲，道：「將手放在頭頂上，要不然，我立即開槍，我是絕不會客氣的。」

那年輕人的身子陡然一震。

他緩緩地將手放到了頭上，但是他卻道：「木蘭花小姐，你的表情真好，我竟失策了，不過，我猜想你的手中並沒有手槍。」

「你不妨冒險轉過身來看一下。」

木蘭花的手中真的沒有手槍，她準備那年輕人一轉過身來，便用柔道將他直摔進屋子去。然而那年輕人卻只是聳了聳肩，並未曾轉身。

「走進去！」木蘭花命令著。

「小姐，你這樣做，至少觸犯了五條以上的法律，你可知道麼？」

那年輕人一面向前走去，一面輕描淡寫地說著。

「不會比你觸犯的法律更多！」木蘭花語意冰冷。

兩人一齊走進了屋子，木蘭花將門關上，屋內是一個不十分大的廳，陳設也很普通。

那年輕人一進了屋子，立時笑了起來，他一面笑，一面疾轉過身來，以手作槍狀，一矮身，口中道：「砰砰！官兵捉強盜，我們可是在玩遊戲麼？」

木蘭花陡地一怔，這又是她未曾料到的事！

她陡地一呆之後，身子以極高的速度向前撲了過去，她反手一勾，勾住了那年輕人的頭頸，可是也就在那一剎間，她的腰際也被那年輕人托住了。

兩個人幾乎是同時被對方的力道所拋出去了。

但是木蘭花卻先跳起身來。

木蘭花一跳起身來，那年輕人也挺身站起，舉起了雙手，道：「我投降了，蘭花小姐，我們不能在友好的氣氛中談談麼？」

木蘭花望了那年輕人半晌，終於在沙發上坐了下來。

木蘭花才一坐下，那年輕人便來到了木蘭花的面前，在他的臉上充滿了頑皮的笑容，道：「首先，我自我介紹，我姓胡，名法天。」

「嗯。」木蘭花冷笑了一聲，「無法無天。」

那年輕人又笑了起來，道：「蘭花小姐，我久仰你的大名了，你和一些權貴、不法之徒作鬥爭的英雄事跡，也令我十分欽佩，但是我，難道是你的敵人麼？」

那年輕人在講幾句話的時候，雖然他的態度看來十分輕佻，但是他眼中堅定的神色，卻證明他絕不是在講笑話，他講完之後，定定地望著木蘭花。

這一個問題，令得木蘭花十分為難。

木蘭花可以在許多匪徒面前毫無懼色，絕不猶豫，但這時，胡法天的問題卻令得她十分窘。

的確，胡法天和她以前作過鬥爭的那些人不同，是不能將胡法天和那些敵人相提並論的。胡法天只是向富豪下手，那些富豪全是經得起損失的人！

如果胡法天將偷來的錢作為善舉的話，那麼他還是一個劫富濟貧的俠士了，自己又怎能和這樣的人成為敵人呢？

想了好一會，木蘭花才謹慎地回答。因為她知道，如果她回答得不小心的話，胡法天根本可以用語言就將她困住，令得她無從插手管這件事的，胡法天實是一個不同凡響的人！

木蘭花回答道：「先生，在私有財產不應該受侵犯成為一個普遍概念，並為法律所接受的社會中，你的行動，無疑是犯法的！」

胡法天「哈哈」地笑了起來，道：「蘭花小姐，你說得對，我的行動是犯法的，但是，你可知道有一句名言：『有法律的地方就有不公平』麼？」

「你也只是一個人，你不能將自己認作公平之神。」

「沒有，我只不過施展一些小小的神通，使得太有錢的人，稍受一些損失，而我這個需要錢用的人，卻大有好處而已。」

「噢，原來你是為了自己！」

「當然是！」

木蘭花的心中剛對胡法天生出了一些敬意，這時又化為烏有了。她冷冷地一笑：道：「那樣說來，你只是一個卑鄙的竊賊！」

胡法天顯然有些憤怒了，他沉聲道：「那麼，小姐，你又是什麼呢？你是本市豪富的看門狗，是不是？」

木蘭花霍地站了起來。

胡法天後退了一步，順手一推，在他身邊的那張桌子突然向後，滑了開去，露出了一大幅空間來，他微屈著身子，等候木蘭花的進攻！

木蘭花在剛一站起來之際，的確是想將他重重地摔在地上，以懲戒他的口出不遜的，但是木蘭花卻在剎那間改變了主意。

因為一則，這時出手，就算將胡法天打敗了，將他擒住，帶走，那也是一點用處也沒有的事情，因為胡法天雖然自己承認了幾件竊案是他幹的，可是木蘭花卻一點證據也沒有。她就算帶著答錄機的話，也是沒有用的，因為錄音是不能作為正式的法庭證據的。

二則，木蘭花感到自己處心積慮，以為找到了好辦法，可以出其不意地注意敵人的行動，可是卻事與願違，一上門來就被人發現了本來面目。

木蘭花甚至想不出自己是在什麼地方露出了破綻，以致一上來就給對方識穿了的，但是她是輸了這一個回合，那是毫無疑問了。

輸了而不認輸，還要對方給以機會，再在搏鬥中反敗為勝，非但不光榮，而且也有欠風度之極。是以，木蘭花又坐了下來。

她坐下來之後，冷冷地道：「你的話是不會激怒我的，現在，我給你一個條件，你只要將那只翡翠瓜交出來，以及將今晨匯到你銀行戶頭中的錢退還，那麼，你以前的幾件案子就可以不加追究，我將盡力說服警方，實行我的諾言。」

「我的回答是這樣，」胡法天幾乎立即答道：「那件無價之寶，我是有言在先的，一收到款項，我就會物歸原主的！」

他講到這裡，頓了一頓，然後又以一種十分狡獪的聲調道：「如今，既然由木蘭花小姐你將通知送來了，我自然是守信的，這一點不成問題。至於那筆錢，我就不退還了，我歡迎警方追究我的積案，但是我認為，警方還是集中力量去注意新案子好得多。」

木蘭花冷冷地道：「你的意思是——」

「我的意思是我要繼續犯案！」

木蘭花想將他的作為會影響到本市的大選以及本市的治安，他的行動甚至為罪惡會議鋪平了一條道路等情形講給他聽，但是木蘭花卻看出了胡法天是一個相當自私的人。

一個相當自私的人，而又當他無往而不利的時候，你向他說什麼好話，都是沒有用的，所以木蘭花並沒有講出那些事來。

她只是迅速地轉著念：自己假定的胡法天用的盜竊方法，是不是對呢？如果胡法天果真是利用超小型的電子儀器來得到一切保險庫的秘密的話，那麼他一定是一個傑出的科學家了——想到這一點，木蘭花陡地又想到，自己身上的某樣東西中，只怕也已給他安上什麼電子儀器了，要不然，何以自己到這裡來，胡法天像是早已經知道了一樣呢！

木蘭花想了不過幾秒鐘，便冷冷地道：「你要繼續犯下去，我相信你大學中的那些教授，一定對你感到十分失望了！」

木蘭花這句十分普通的話，卻引起了胡法天的緊張。

木蘭花是一個思考審慎的人，她既然假定胡法天是一個科學家，那麼他當然受過嚴格的大學訓練。而且他是一個極其聰明的人，那麼他在大學中，也必然是一個極惹人注意的人，一定有幾個教授對他特具好感，這是一般的現象，所以木蘭花才如此說的。

胡法天當真緊張起來了，他的面色微變，身子也震了一下，但是他卻立即恢復了鎮定，道：「你真是了不起啊！」

木蘭花不說什麼，只是故作神秘地笑了笑。

胡法天忍不住道：「你對我已知道了多少？」

「不多，」木蘭花知道自己的心理戰術收效了，胡法天以為他的身分絕沒有人知道，他可以在暗底下運用他的科學知識暢所欲為，如果他知道他的身分並不是什麼秘密時，他就會起恐慌了，「不多，但是卻也不能算是少了，胡先生！」

胡法天聳了聳肩。

他那種不在乎的神情，很容易就可以看出來是故意裝出來的，他道：「人與人之間的感情，是在逐漸瞭解中建立起來的，歡迎你對我有所瞭解。」

其實，木蘭花對胡法天的過去一點也不知道，她心知若是自己再多開口，反倒容易露出破綻來，不如就這樣讓他的心中存一個疑惑算了。

她又站了起來，道：「好了，我要告辭了。」

胡法天像是沒有聽到這句話一樣，他仍是坐著發怔，直到木蘭花又說了一遍，他才道：「好的，好的，我也不敢再多留你了。」

木蘭花向門口走去。

在她打開門之際，胡法天又道：「蘭花小姐，相煩你轉告一下殷百萬，我多謝他的那筆錢，那只翡翠瓜其實還在他的家中，是在他家廚房的一個破木箱之中。」

木蘭花知道胡法天不是在開玩笑，而他不將那無價之寶帶回自己的住所，就將之放在殷百萬的廚房中，可以說是極其聰明的一件事，木蘭花更肯定這是一個十分難以對付的人！

木蘭花裝著自己對他的行動一無頭緒，她道：「胡先生，你是如何能夠進入幾乎無法進去的保險庫的，可以透露一些消息麼？」

「對不起，」胡法天有點得意，「這是業務秘密。」

「那就算了。」木蘭花轉身走了出去。

當她跨進電梯的時候，她還可以聽到胡法天得意洋洋的笑聲，而在那一剎間，她也已決定了下一個行動的步驟，她肯定自己的行動，胡法天能夠知道的原因，那是因為胡法天在自己的身上，也做了什麼手腳，木蘭花推想，手腳是在自己的車子上。

因為她的屋子到處都是陷阱和機關，胡法天是不能那麼輕易地闖進來的。而她在來這裡之前，又換過了衣服，扮成了信差，所以，極可能是胡法天知道了她的車子停在電報局的附近，才推測到自己要到這裡來這一點的，所以，木蘭花決定詳細地檢查她的汽車。

木蘭花回到了電報局，在電報局恢復了她原來的裝束，然後，上了車子，直向警局駛去，當她和方局長、高翔，穆秀珍三人見面的時候，三人已等候得十分焦急了，但是木蘭花卻什麼也不說，只是道：「我見到了那個人了，剛才見的。」

她不說那句話還好，講了這句話之後，更令得三人連珠炮也似地發起問來，木蘭花卻搖手道：「高翔，準備一具無線電微波檢測儀，我有用。」

「可以的。」高翔立時吩咐了下去。

「唉，」木蘭花這才嘆了一口氣，「我猜想我的汽車上被人裝置了電子偵測儀器，所以我才一登門，對方就知道了！」

「那傢伙是一個怎樣的人？」穆秀珍忙問。

「很年輕，也很聰明，更很難對付——噢，是了，通知殷百萬一聲，那件無價之寶，就在他家廚房的一個破箱子中。」

方局長呆了一呆，立時去打電話了。

一個警官敲門進來，道：「高主任，你要的探測儀已經準備好了！」

木蘭花立即道：「請交給我！」

那警官將手中所提的一具儀器交給了木蘭花。

那是一個不大的箱子，連著一根長長的探測管，探測管尖端的晶體，對無線電波十分敏感，一接觸到了近距離發出的無線電波，箱子上的指標便會顫動。

木蘭花舉起了那根管子，先在自己身上探了一下，沒有什麼反應，穆秀珍好奇地湊了過來，她才一走近，指針立時跳動了起來！

穆秀珍吃了一驚，道：「見鬼麼，我的身上有什麼無線電波發出來，一定是這儀器壞了！」

「別胡說！」木蘭花轉過身，將探測棒在穆秀珍的身上慢慢地移動著，當探測棒的尖端來到穆秀珍臉頰旁的時候，指標跳動得最劇烈。

木蘭花突然道：「在這裡！」

穆秀珍等三人聽了，都不禁莫名其妙！

木蘭花說「在這裡」，那當然是她已發現了秘密的電子儀器，可是穆秀珍的臉頰之上，除了一層薄薄的化妝品之外，卻是什麼也沒有啊！

穆秀珍伸手摸著自己的臉頰，更是驚訝之極。

木蘭花放下了探測儀，道：「秀珍，你這副耳環，是什麼時候買的？」木蘭花指著那副耳環，那是一顆相當大的養珠，直徑約有一吋的四分之一。

「我這副耳環？」穆秀珍將耳環除了下來，「我買了許久了，我一直很喜歡它，你不是也說過這耳環很好看麼？」

「我知道你有亂丟東西的習慣，這副耳環你可曾失去過麼？」

「失去？沒有啊，但是有一次，那是前天，我放在窗檻上睡覺，第二天早上發現不見了一只，我探頭出去一看，哈，原來跌到草地上去了。」木蘭花接過了那只耳環，端詳了一會。

然後，她抬起頭來，道：「各位，你們馬上就可以看到世界上製作最精巧的電子儀器了！」

她一面說，一面取出一柄小刀來。

那是有著多種用途的小刀，她拉出了一個小巧的螺絲起子，在那粒養珠之上，旋了幾下，突然，那粒養珠變成了兩半。

木蘭花嘆了口氣，將她手中的一半遞向前去。

高翔、方局長和穆秀珍定睛看去，他們都看到了，那粒養珠的中間被挖空了，有一個不會比火柴頭更大多少的黑色東西放在裡面。

穆秀珍失聲道：「天，這是什麼？」

木蘭花道：「這就是使胡法天知道你在什麼地方的電子儀器，這還是簡陋的了，我相信裝在殷百萬眼鏡架上的儀器，還要複雜得多！」

穆秀珍瞪大了眼睛道：「可是……可是……」

「要使一只放在窗口近處的耳環落到地上來，那實是太容易了，至少可以有三十種方法，我想不必我一一舉例了吧？」

方局長等三人，都同意木蘭花的說法，穆秀珍嘆了一口氣，道：「誰想到他會想出這樣的辦法來，讓我將它砸爛了！」

「不！」蘭花連忙阻止，「你非但不能砸爛它，而且還要照常佩戴它，我們要將計就計，就在這上面對付胡法天！」

「誰是胡法天！」

「就是那個電子盜，他自稱姓胡名法天。」

「我還戴上它，」穆秀珍哭喪著臉，「那豈不是我到什麼地方去都有人知道了麼？這……未免太不自由了，我看還是——」

穆秀珍還想繼續講下去，但是木蘭花卻嚴厲地瞪了她一眼，令得她將說了一半的話嚥了下去，不敢再說什麼，將耳環戴上了。

他們四人走出了辦公室，來到木蘭花的車旁。

微波探測儀立即發出了反應，電子儀器是用一塊體積十分小，但是磁力極強的磁鐵，吸在汽車頂上的！

正如木蘭花所料，是她駕車到了電報局，所以胡法天便知道她會來按址「造訪」的了。木蘭花不再說什麼，也不除下電子儀器，便和穆秀珍一齊登上了汽車。

高翔急忙攀往了窗口，道：「蘭花，現在我們下一個步驟，又怎麼樣呢？我們可是要到那個地址去進行包圍搜索麼？」

「不，你們按兵不動，我自有主意。」

高翔退後了一步，但立即又俯身下來，道：「蘭花，如果有什麼危險的話——」

「我看不會有什麼危險的，胡法天不是什麼危險人物，要對付他，需要的是奇謀詭計，搜集了足夠的證據，令他俯首就擒！」

高翔聽了，不禁苦笑了起來。他當然不會以為木蘭花所說的有什麼不對，但是，要使一個有那麼高超的技能，而行事又如此聰明的電子大盜俯首就擒，這是談何容易之事！

他道：「難道我一點沒有可幫助你之處麼？」

「嗯，這個……」木蘭花側頭想了片刻，才道：「有的，今天午夜，你按址偷進去，行動要裝得神秘，但是卻要故意弄出一些聲音來，使你被擒，你明白麼？」

「明白了，這是許敗不許勝的安排。」

木蘭花笑了一下，不再說什麼，就駛著車，向家中駛去。

在車上，她一言不發，但穆秀珍卻不斷地嘰咕道：「哼，這傢伙現在知道我們離開了警局，又知道我們是在回家的途中，再下去，說不定他還可以知道我一面睡，一面將被子踢走了哩！」

木蘭花只是不出聲。她是在深思著。

到目前為止，胡法天可以說佔足了上風。他做下了幾件驚天動地的巨案，令得警方的地位岌岌可危，逼得將這幾件案子秘密地處理，但是，紙包不住火，總有一天會給人知道的。

而且，最後的一件案子，他可是順利地得到了一筆鉅款，木蘭花追尋上門去，幾乎還受了一場侮辱，這是木蘭花從未有過的失敗！

而木蘭花也感到，胡法天這個人，是自己從來也未曾遇到過的扎手敵人，如果沒有出奇的計謀，是絕對不能敵過他的！

所以木蘭花只是在深深地思索著，對於穆秀珍的絮聒，她可以說是一個字也未曾聽過去，好幾次，幾乎連車子也碰上了人行道！

午夜。

街道上十分寂靜。高翔依著木蘭花告訴他的地址，來到了一幢大廈的門口，那是個中等住宅區，大廈林立，這幢大廈在外表看來也毫無出奇之處。

高翔進了大廈，上了電梯，等到他出了電梯的時候，他的心情也不免緊張。木蘭花說那人是沒有危險性的，但是否真的如此呢？

他一出電梯，身子便閃到了樓梯口上，仔細地觀察了一下，這一層樓，一共有兩個居住單位，一個裝有鐵門，另一個則沒有。

高翔記得木蘭花曾說過，胡法天居住的一個單位是裝有一扇鐵門的，高翔來到了鐵門之前。這種鐵門，雖然號稱裝有「保險鎖」，但是這種所謂「保險鎖」，在高翔的眼中看來，實是如同小孩子的玩具一樣，他只花了幾秒鐘時間，便將之打開了。

就在他慢慢拉開鐵門，考慮怎樣才能故意弄出一點聲響來的時候，在他的身後，忽然傳出了一個聲音來。

那聲音道：「高先生，這道門沒有鐵閘，要容易得多了，你為什麼捨易而就難呢？」聲音之中，充滿了調侃。

9 天衣無縫

高翔陡地轉過身去，他看到對面的那扇門，不知道在什麼時候被打開了，一個年輕人，穿著一件猩紅色的上裝，一手拿著一隻酒杯，正笑嘻嘻地望著他。

那年輕人看來十分風流倜儻、使高翔想起若干時候之前的他自己。雖然他是早已準備被對方發現的，但是他也不免有些尷尬。

「高主任，」胡法天繼續笑著，說：「有搜索令麼？」

「沒有。」

「嘖嘖嘖，高主任什麼時候又幹起本行了？」

高翔作勢待撲了上去，胡法天左手一揚，一柄小巧的手槍，已對準了高翔，高翔立時不敢妄動，他知道木蘭花令他故意就擒的目的，是分散胡法天的注意力，胡法天在和自己打交道的時候，木蘭花必然是另有圖謀，所以他立時舉起手來。

「進來吧，」胡法天的語氣之中，似乎還有一點無可奈何的神氣，「我相信再過十分鐘左右，另一位朋友就要來了。」

高翔一面走進去，一面道：「什麼人？」

「是穆秀珍小姐，她現在已向我這裡來了——別問我是怎麼知道的，」胡法天十分得意，「就算我有第六感好了！」

高翔幾乎要大聲叫出來道：別臭美了，你那套花樣，早已被木蘭花戳穿，我們全知道了，如今只不過是在撒網，等你這條狡猾的魚兒落網罷了！

但是高翔的心中儘管這樣想，他口中卻一聲不出。而且，他還裝出一副不相信的神氣，望著胡法天，這令得胡法天更洋洋得意了。

高翔像是逼於無奈也似地走向客廳，坐了下來。原來這裡兩個居住單位是打通的，而胡法天則不斷地嘲笑著高翔。

高翔索性閉起了眼睛不再理會他。

過了七八分鐘，胡法天忽然嘆了一口氣，道：「穆秀珍小姐居然冒險從窗門攀了進來，其實，這是大可不必的事情！」

胡法天的話才一說完，「砰」地一聲響，一扇浴室的門被打了開來，穆秀珍出現了，但是穆秀珍卻不是神氣活現地衝出來的！

首先是「啪」地一聲響，一柄手槍飛了出來，緊接著，穆秀珍大叫了一聲，似乎是被一股極大的力道彈了出來一樣！

她背對著高翔，身不由主地直壓了過來，直撞在高翔的身上，又跌了一跤，才一骨碌爬了起來。

她跌得雖然狼狽，但是她在爬起身來的時候，卻也沒有忘記對高翔作了一個鬼臉。她轉過身來，怒道：「你就是胡法天麼，那門的把手上——」

她還未曾講完，胡法天便搖了搖手，道：「沒有什麼，那只不過是一股不會令人致死的電流而已，人身上有電流通過，據說那是十分合乎衛生的事情呢，高先生，你看我的第六感怎樣，現在，你們兩人都不准動，可能木蘭花小姐也會來這裡哩！」

「哼，」穆秀珍連忙反唇相譏，「蘭花姐才沒有將你放在心上裡，她天未黑就已經到黑石灣的一個朋友家中去了，你是什麼大人物，她要來看你？」

「是麼？」胡法天似乎不怎麼相信，他一面說，一面順手翻開了一本十分巨大的洋裝書。

那本書是放在一張茶几上面，看來像是一本大型的照相簿，但那當然不是，他看了一看，立即合上，又道：「不錯，木蘭花的確是在黑石灣，你說得對。」

「我當然說得對——」穆秀珍停了口，又「咦」地一聲道：「你怎麼忽然之間會相信起我的話來了？告訴你，我是騙你的，蘭花姐她就要到這裡來對付你了！」

胡法天大笑了起來。

穆秀珍又趁機用手肘碰了碰高翔。

其實，在她剛才跌出來，爬起身，做了一個鬼臉之際，高翔也知道她是奉命就擒來的，他唯恐穆秀珍再有什麼動作，反倒令胡法天懷疑，是以大聲道：「我知道了！」

「你知道了什麼？」胡法天立即問。

「我知道蘭花一定會到這裡來的。」

「哈哈，黑石灣離這裡足足有三十哩！你知道什麼？沒有人可以騙得倒我的，我幾乎是有著千里眼和順風耳的！」

高翔這時已多少有點知道木蘭花的計畫了！木蘭花使高翔和穆秀珍兩人被胡法天制住，又使胡法天以為她自己是在黑石灣，那全是一種煙幕作用，實際的作用是什麼呢？

這一點，高翔卻想不出來。

因為若是說木蘭花要偷進屋來，趁胡法天大意之際，將他擒住，那實在不必多費周章，因為這時胡法天的手中雖然有槍，但自己和穆秀珍是可以輕而易舉地將局面扭轉過來的，但是，就算現在抓住了胡法天，又有什麼用呢？

沒有證據！完全沒有證據！

那麼，木蘭花在做些什麼呢？

高翔想了好一會仍是不得要領，胡法天笑嘻嘻地望著他們道：「我看，對付你們最好的辦法，便是報警，由警方來領你們回去，你們意見怎樣？」

「隨便你！」穆秀珍一副不在乎的神情。

胡法天的手放在電話上，看樣子他真的要打電話了，但是就在這時候，電話鈴聲卻突然響了起來，胡法天呆了一呆。

顯然他對這個電話，事先是全然不知道的！

他立即拿起了電話，放在耳邊。

高翔和穆秀珍相視一笑，他們的心中，都以為這個電話是木蘭花打來的，可是當他們聽下去之後，便覺得不對頭了。

只聽得胡法天道：「是的，我當然聽到過你的名字，你可以說是一個地位極其特殊的要人，你有什麼需要我幫助的呢？你手下有多少特務，還用得到我麼？你……知道了我的地址？這沒有什麼出奇……你要親自來見我，現在？好得很，歡迎你來，我恰好有兩個朋友在，他們也歡迎你的！」

那顯然不是木蘭花打來的電話。

胡法天將電話聽筒放了下來，發了一回怔，眼珠才又靈活地轉動了起來，笑道：「想不到我只幹了幾件小事，便受到了各方面的注意了！」

「剛才打電話來的人是誰？」

「一個慕我名的人，他要我做一些事情，給以巨額的酬勞，這件事，高先生，和你也可以說是有一點關係，等一會你可以旁聽。」

「什麼人，要你做什麼事？」

胡法天還未曾回答，門鈴便響了起來，胡法天伸手移了一下放在几上的煙灰碟，門就自動打了開來，高翔和穆秀珍一齊看去，不禁倒抽了一口冷氣！

站在站口的一共是三個人。

一個瘦長個子在前面，兩個彪形大漢在後面，那個瘦長個子不是別人，正竟是他們的大對頭，罪惡會議的主持人辛華士！

不但是高翔和穆秀珍兩人吃了一驚，辛華士顯然也想不到會在這裡遇見高翔和穆秀珍，他陡地向後退去，他身後的兩個大漢已持槍相待。

「別緊張！」胡法天立即叫。

「你這是什麼意思？」辛華士一面叫，一面身子已開始向後退去，退到樓梯的轉角處，「他們兩個人為什麼在這裡？」

「辛先生，他們兩人前來，事先並未曾徵求過我的同意，他們一個是從窗口爬進來的，一個則是企圖偷開門進來的，你不看到他們還被我用手槍指著麼？」

「噢……」辛華士立即講了一個字，從這個字的聲調聽來，他的心神顯然沒有那麼緊張了，他向門內走了進來。

和他隨行的兩個大漢，亦步亦趨地跟在他的身邊。

辛華士來到了沙發前，坐下，然後才道：「胡先生，對不起得很，我冒昧來訪，我是通過我們龐大的情報網，才知道你這樣的一個高明的人在本市的。」

「多謝你的稱讚，你有什麼事麼？我喜歡爽氣的朋友。」

「這個──」辛華士卻遲疑了一下，才道：「我首先想知道，你準備如何處置他們兩個人？」他向高翔和穆為珍指了一指。

「由於他們是擅自進入的，所以我想打電話召警，將他們帶走！」胡法天笑了起來，「這正是十分幽默的一件事。」

辛華士顯然一點幽默感也沒有，他的三角眼中閃耀著凶光，盯著高翔和穆秀珍兩人，道：「我想請你將這兩個人交給我。」

「噢，」胡法天搖頭，「這一定不是你到我這裡來的原意，我先想知道你來看我的原意，才可以進一步地決定是否答應你的要求。」

「這，他們兩人在，不怎麼方便吧。」

「不要緊的，你說好了。」

「胡先生，我們知道，你近期來，用卓絕的手段做了幾件頗驚人的巨案，是不是？」辛華士用陰森而緩慢的聲調說。

高翔的心中不禁感到十分奇怪。因為警方對這幾件竊案的保密工作，可以說做得十分好，辛華士又是如何知道這個秘密的？難道警方又有了內奸？

但是這幾乎是不可能的，因為在經過了大整頓後，警方人員可以說得上上下齊心，所有的內奸全被踢出去了！

高翔本來想插言相詢的，但是一轉念間，他也不說什麼了。只聽得胡法天道：「是的，這兩位也正是為了那幾件事來找我的。」

辛華士一字一頓道：「我來這裡的目的，就是想請閣下再去做一件巨案，那件巨案，必須是驚天動地，使得警方遮瞞不住，而令得人人認為本市的警政不可靠，而且，必須在三天之內完成，胡先生，你可能夠做到這一點麼？」

辛華士的神情十分緊張，顯然他對這件事看得相當嚴重。

但是胡法天卻仍然吊兒郎當，毫不在乎，他道：「我為什麼要替你那樣做呢？」

「你可以得到酬勞！」

「什麼樣的酬勞？」

「巨額的金錢，數字只要你自己提出來就可以了。」

「我需要金錢的話，我可以在任何人的保險櫃中任意提攜，何必要向你索取？看來你必須改變酬勞的內容才行。」

辛華士皺著眉頭，想了想，道：「那樣好了，我們在反對黨中有人，如果反對黨因之而取得勝利，你可以得到如今高翔在警局中的那個職位！」

這個提議，令得高翔和穆秀珍兩人的心中陡地一驚！

胡法天也現出了有興趣的神色來，但是他隨即又搖了搖頭，道：「我不十分歡喜聽別人的命令，而高翔的職務，卻是要接受方局長的命令的。」

辛華士呆了一呆，道：「好的，我可以答應你，讓你作為本市警方的首腦人物，但是在名義上，局長必須由反對黨中的一個要人擔當。」

「嗯，這個條件可以接受，但是口說無憑！」

「胡先生，我們也不能在事先給你什麼保證，但相信我們以後合作的機會還很多，所以，我請胡先生相信我，以我的地位作保證。」

胡法天站了起來，走了幾步道：「好，成交了，三天之內，我一定做一件驚天動地的案子，至於這兩個人，我作為成交的贈品，交給你們好了！」

高翔和穆秀珍兩人，在胡法天和辛華士兩人談判的時候，雖然坐著一動也不動，但是他們卻是全神貫注地在注意著事態的發展。

他們已完全明白了辛華士的來意，在罪惡會議被破壞之後，他們仍然不死心，想到了利用胡法天，來破壞警方的威信，從而進一步打擊執政黨，造成選民的一時心理衝動，使他們大大獲利，他們竟以警方的重要職位來引誘胡法天！

本來，高翔他們便曾疑心過幹下幾件巨竊案的人，和罪惡會議有關係，如今看來，他們也不是瞎疑心的，因為兩者之間，雖然本來是沒有聯繫的，但這時卻終於搭上關係了！在如今這樣的情形下，事情顯然變得十分嚴重了！

高翔和穆秀珍兩人本來乖乖地受制於胡法天，可以反抗而不反抗，那全是遵從著木蘭花的吩咐，可是如今，情況卻發生變化了。

兩人心中早已打定了主意，不論胡法天是否答允將自己交給辛華士，都要出其不意地反抗，何況這時，胡法天竟答允了辛華士的要求！

胡法天的話才一出口，兩人的身子便突然站起，陡地旋了一旋，在他們的身子一旋之際，兩張沙發已向前疾砸了出去！

胡法天和辛華士的身子一齊身後閃去。

辛華士的兩個保鏢立時放槍，他們的槍是裝著滅聲器的，一陣「撲撲」聲過處，他們每一個人，都已放了三槍，但是六槍都是射在沙發之中。

高翔和穆秀珍兩個人本來還準備一發動之後，拿下兩個保鏢和胡法天手中的槍械，反將兩人扣住，反敗為勝的！

可是，那兩個保鏢反應之敏捷，出手之快，令得高翔和穆秀珍兩人不得不改變主意，只能求自己先逃脫再說了。

他們的身子向門口滾去，穆秀珍向電燈彈了好幾枚小鋼珠，這些小鋼珠，本來全是她衣服上的鈕扣或裝飾品，這時卻派上了大用場。

「啪」，「啪」，「啪」三聲過處，屋中的三盞燈都熄滅了，眼前頓時一片黑暗，兩人也趁機搶到了門邊，高翔猛地向鐵門口衝去。

可是，當他的手才一碰到鐵門之際，便聽得黑暗之中，胡法天發出了一陣哈哈大笑，高翔只覺得身子陡地一震，彈了回來。

穆秀珍也是正在向前衝來的，高翔向後退出，穆秀珍逃之不及，兩人撞在一齊，一起跌倒在地上，當他們一躍而起時，眼前突然又亮了起來！這時的燈光，是從書桌上發出的，顯然那是一盞隱蔽的電燈。

而辛華士的兩個保鏢，手中的槍正對著他們，胡法天則仍在大笑！

胡法天一面笑，一面道：「穆小姐，我這裡和你們的住所不同，你們的住所，誰想進去都難，我這裡，你要進來，是十分容易的，但是想出去麼？就很難了！」

高翔和穆秀珍兩人，剛才出其不意地進行攻擊，尚且未能成功，這時他們在槍口的指嚇之下，當然更加沒有反抗的餘地了！

「將他們押走！」辛華士立時命令！

「是，轉過身去，手放在頭上，一有異動，立時放槍，絕不客氣！」那兩個保鏢陰森森地吩咐著。高翔和穆秀珍只好照做。

他們被押出了門口，上了電梯，辛華士在走出門口之際，胡法天才道：「辛先生，你想以他們兩個作釣餌，來引木蘭花上鈎，這是很好的想法，但木蘭花究竟非等閒人物，你還是要小心一些的好。」辛華士怔了一怔，顯是被胡法天猜中了他的心事。

他點頭道：「多謝你的忠告。」

他們五個人進了電梯，那兩個大漢的手槍口，幾乎是緊貼在高翔和穆秀珍的背心的，是以兩人可以說是絕無反抗的餘地。

出了大廈的門口，辛華士先走一步，他一出門口，一輛黑色的大型房車便駛了過來停下。

辛華士拉開了前面的車門，向高翔和穆秀珍道：「進去！」

高翔和穆秀珍苦笑了一下，高翔先進了車子，兩人坐在司機的旁邊，他們才一坐定，便覺得後腦有一根冰涼的管子抵了上來，那自然是那兩個大漢的槍口了。

他們兩人只得任由擺佈，那司機立時開動了車子，車向前駛去。

駛過了一條街口，高翔轉了轉頭，身後立時傳來了呼喝聲，道：「別動，再動就放槍了！」

可是，也就在那一剎間，高翔呆住了！

坐在他身邊的司機，是木蘭花。

那真的是木蘭花！

雖然他不知道何以木蘭花會變成了辛華士的司機，但是那是木蘭花，木蘭花還和他眨了眨眼睛，這卻是毫無疑問的事情！

高翔幾乎笑了出來，有木蘭花在身邊，他連腦後的手槍都不放在心上了，他轉過頭來，道：「喂，老兄，頭部不轉動，肌肉是會僵硬的，這一點你可知道麼，嗯？」

高翔一轉頭說話，連原來指著穆秀珍的一柄槍也向他指了過來。也就在這時候，車子突然來了一個急速的轉彎！

高翔在一發現了司機是木蘭花之後，便已知道木蘭花一有機會，一定會在車子上出花樣的，他轉過頭去講話，也是給木蘭花造成機會。

果然，兩人雖然事先並沒有進行過什麼商量，但是相互之間卻可以知道對方的心意，配合得天衣無縫。

車子一個急轉彎，高翔是早有準備的，但是後面的三個人卻身子突然向外側去，高翔陡然欠身，雙掌向那兩個大漢的手腕砍了出去。

「啪啪」兩聲響，他掌緣砍中了那兩個大漢的手腕，兩柄手槍向前脫手飛出，撞在車前玻璃上，又落了下來，恰好落在穆秀珍的身前，穆秀珍雙手齊伸，槍已到了她的手中，她「啊哈」一聲，也轉過身來，左手槍指住了後面，右手槍卻指住了木蘭花。

木蘭花笑了起來，說道：「傻女，你指住我幹嘛？」

「蘭花姐！」穆秀珍驚叫了起來。

她驚叫了一聲，一個恍神，那兩個大漢一齊欠而起身，向她撲來，可是穆秀珍卻立即掣槍上揚，槍口恰好抵在那兩個大漢的下顎上。

那兩個大漢的頭頂碰到車頂，下顎在槍口上，站又站不直，坐也坐不下，又不敢動，更不敢講話，尷尬到了極點。

穆秀珍得意地笑了起來。

高翔的身子向後座攀去，準備將辛華士制服下來。

可是，辛華士的動作也十分快捷。他陡地打開了車門，毫不猶豫地便向外跳了出去！

這時，車子行進達到每小時四十哩的速度，辛華士一跳了出去，便只見他在馬路上翻滾著，陡地撞向牆角，然後便不動了。

木蘭花並沒有減低車子行駛的速度。

那兩個大漢也看到了辛華士跳出車子之後的情形，他們掙扎著道：「快停車，辛先生受重傷了，你們竟不顧而去麼？」

木蘭花冷冷地道：「對於一個每年主持著數千磅毒品銷售全世界的人，人道主義是不適用的，讓他去流血過多而死好了！」

木蘭花的話講得嚴峻之極，剎那之間，那兩個人的面色變得比紙還白，身子不由自主簌簌地發起抖來，抖得十分劇烈。

穆秀珍叫道：「喂喂，你們別抖，一抖的話，說不定我的手指壓一壓槍機，那就熱鬧了！」

穆秀珍叫兩人不要發抖，可是她所講的話，卻令得兩人抖得更加劇烈了起來。

木蘭花道：「將他們擊昏過去算了！」

穆秀珍道：「是！」

她雙手的手槍猛地向上一抬，槍管在兩人的咽喉部分用力一戳，又用手槍向兩人的頭頂重重地敲下，那兩個傢伙連半下呻吟聲也未曾發出來，便已經軟癱了下來，昏過去了。

木蘭花立時將車子停下，打開車門，道：「我們下車，跟我來！」三個人下了車，向前急急地走了過去，走過另一條街才登上了另一輛車子。

上了車子之後，木蘭花將車子開得相當慢，穆秀珍早已忍不住，道：「蘭花姐，你是怎麼會成了辛華士的司機的？」

「這很簡單，因為我透過了辛華士的一個小特務，向辛華士通風報信，說本市有著胡法天這樣一個了不起的人物。」

「原來是你？」高翔失聲道。

10 困獸之鬥

「我知道辛華士一定會想到來利用胡法天的，所以我等在下面，他果然來了。我心中在想，胡法天若是答應了辛華士，那麼他一定會將你們兩個人交給辛華士的，你們和辛華士一齊出來，就證明胡法天這個人只是一個口頭上的劫富濟貧的人，實際上，他卻是一個人格十分卑下的人，他應該知道辛華士的為人，但是他卻居然還與他合作！」木蘭花說到後來，十分憤慨。

高翔和穆秀珍兩人不禁互望了一眼，他們的心中都想到了剛才想要反抗、逃走的那件事。他們吐了吐舌頭，相互做了個鬼臉，因為他們剛才若是逃脫了，木蘭花便不知道胡法天和辛華士談判的結果是怎樣了，可知木蘭花的每一個安排，全是有作用的！

高翔更明白木蘭花的心理，是想確定對方究竟能不能和自己成為敵人，這才全力以赴地去對付他，如今當然已經確定了。

高翔問道：「蘭花，你準備怎樣對付他呢？」

「剛才我看得很清楚，辛華士跳車的技術十分高明，他並沒有死，那麼，胡法天也必然會按照他的計畫，去做一件驚天動地的竊案的。」

「在他做案的時候我們逮捕他！」穆秀珍道。

「可是我們怎知道他準備找誰下手呢？」高翔反問。

「這個……」穆秀珍顯然未曾想到這一點，一問就被問住了，抓了抓頭皮，答不上來，只好不好意思地笑了一下，但隨即道：「我們跟蹤他！」

「不必跟蹤，我已知道了。」

「你知道了？」高翔和穆秀珍異口同聲地問。

「是的，他下手的目標，是財政局的金庫，那是他早已決定要下手的，所以他才能如此痛快地答應辛華士，而唯有盜竊本市財政局的金庫，才稱得上驚天動地。辛華士和反對黨才可以大肆攻擊，加以利用，甚至說執政黨集體貪污，挖空了金庫，因為財政局金庫幾乎也是偷不進去的，它一共有七套密碼，掌握在七位司庫的手中，我已經做過調查，並且還和其中三位司庫見過面，我已經知道胡法天的電子偵查儀器是放在他們身上的什麼地方了，但是我卻未曾說穿！」

「原來你一切全是有計畫的！」

「是的，」木蘭花喟嘆著，「但是如果胡法天毅然拒絕了辛華士的要求，我真不知道要怎樣著手才好了，如今，事情就簡單得多了。胡法天是一個極其聰明的人，也是一個十分有成就的科學家，可惜他的心地卻太不夠純正了。」

高翔點頭道：「正是，如果他肯拒絕辛華士的要求，那麼他可以成為我們很好的朋友的。以他的才能，若是和我們合作，那對不法分子的打擊可大了！」

木蘭花十分感慨地嘆了一口氣，道：「或許我這樣做，故意安排了辛華士去引誘他，是十分不應該的，因為我們根本未曾提出過他的機智、知識是可以用在正途上！」

高翔還想說什麼，但是穆秀珍卻已不耐煩道：「不必說了，他若是個本性好的人，根本就不會和辛華士這樣的人攜手合作的！」

高翔和木蘭花兩人，不再說什麼了。

他們回到了警局，高翔立即向方局長請示，得到了方局長的同意，調動了大批幹員，在暗中監視著市財政局的金庫——那是本市存儲現鈔最多的一個地方。所有的監視，全是在暗中進行的。而一切命令的發佈，也全以密碼、暗號代替，進行得極其秘密。

每一次會議進行之前，參加會議的高級人員，全都經過嚴格的無線電微波檢驗。這一切，全是為了怕警方的行動被胡法天測知之故。

木蘭花、高翔和穆秀珍三人，輪流地在金庫附近監視著。警方行動的目的是預備胡法天在偷入金庫的時候，在現場將他逮捕！

第一晚過去了，十分平靜，一點事情也沒有。

那是在木蘭花意料之中，但第二晚，也是平靜得很，這卻頗有點出乎木蘭花的意料之外，她想不到胡法天竟有那麼好的耐性。

第三晚來臨了！

市財政局有一幢七層高的辦公大樓，金庫是設在大廈底層的地庫中。要進金庫，必須先通過一扇由密碼按鈕控制的大門。

進入這座大門之後，還要經過一連串的鐵柵，這種鐵柵一共有七道，七位司庫每人只知道其中一道的密碼，所以每次開庫，都必須七個人齊集。

然後，才到達保險庫的大門。

這幾乎是沒有人可以偷進去的，正因為這個緣故，其他防守的工作是象徵式的，門口只有兩個衛兵，那兩個衛兵也是時時打著瞌睡的。

這時候，一個衛兵不知道溜到哪裡去了，而另一個呢，抱著一桿槍，正在揚首、低首地打瞌睡，自他的口角流下了老長的一條涎沫來，顯然睡得十分沉。

在石階後面，是辦公大樓的玻璃門。玻璃門之後則是大堂，在大堂的左首，有一道樓梯，是通向地庫去的，整幢大樓之中，靜得一點聲音也沒有。

已經深夜了，那瞌睡的衛兵，忽然多了一個十分奇怪的動作，那就是他不斷地半睜開眼來，看著腕上的手錶，他其實並沒有瞌睡，而且打起了十二分精神在注意四周圍發生的一切。

他也不是衛兵，而是高翔。高翔和隱伏在各處的數十名幹探保持著無線電聯絡，只要他一聲令下，立時可以形成一個包圍，連飛鳥也難以逃遁了，可是，胡法天卻仍然未曾出現。

照理來說，今天是最後一天了，胡法天不會不來的，但是胡法天如果要來的話，為什麼已經凌晨兩時了，還是不見動靜呢？

難道今晚又要白等了麼？

高翔正在十分急的時候，忽然聽得身後傳來了一下輕微的聲音。那一下聲音，是發自玻璃門後的大堂之中的。

這下聲音，高翔本來是不應該聽得到的，但由於他佩帶著微音波擴大器，所以他聽得十分清晰，將眼睛湊在一根管子上。

利用折光作用，這根管子使他可以看到身後的情形。

他看到了胡法天！

胡法天正從一間樓梯間的儲藏室中推門出來。他顯然是早已躲在那裡的，他一出來之後，甚至還向高翔的背後做了一個鬼臉！

高翔仍然頭一高一低裝著瞌睡，胡法天腳步輕鬆，就差未曾吹口哨了。

他有恃無恐地向樓梯下面走去。高翔立即低聲道：「六號，七號，胡法天下來了，你們注意，不可驚動他，開動自動攝影機，將他的動作完全拍攝下來。」

六號和七號是埋伏在地庫的幹探，高翔的命令一到，他們便打開了自動攝影機的掣，攝影機將會連續不斷地拍攝胡法天的動作。

高翔又按下了另一具無線電通話器的掣，低聲道：「蘭花，蘭花！」

他塞在耳朵上的耳機中，立時傳來了木蘭花的聲音：「怎麼樣？」

「胡法天來了。」

「沒有弄錯？」

「絕對沒有，這時候，我想他已在打開第一道門了。」

「很好，我在等他。」

木蘭花這時是在金庫的最裡面，且在保險庫之內。

為了怕胡法天難以制服，她和穆秀珍一齊躲在保險庫中，她們備有壓縮氧氣，當然是不會窒息在保險庫之中的。

她們得到了高翔的通知，知道胡法天果然來了，心情也不免有些緊張。固然她們知道，在自己嚴密的佈置下，胡法天既然闖進了網來，那是再也闖不出去的了，但胡法天是不是會作困獸之鬥呢？

他既然能夠製作那麼微細的電子儀器，是不是另有什麼秘密武器呢？當然，想到這一點的，只是木蘭花。

穆秀珍全然未曾想到這些，她摩拳擦掌，只求生擒胡法天了！

胡法天輕而易舉地打開了那扇大鋼門，他的行動十分小心，一點聲音也沒有發出來，當他走進大鋼門之際，他呆了一呆。

因為走廊中有一個長方形的鋼櫃放著，那鋼櫃看來像是一個文件櫃，那是他以前在查探地形的時候所未曾看見過的。

如果是別人，看到那樣一個文件櫃，心中一定不會有什麼反應，但是胡法天卻不同，他是一個極其精細的人，他好幾次行事之順利成功，也由於他的精細之故，這文件櫃是以前所沒有的，這就意味著事情有些不同。

當然，這也可能是偶然放在這裡的，但又何嘗不可能是另外的原因呢？

胡法天呆了一呆之後，便向那鋼櫃走了過去。

躲在鋼櫃中的，正是第六號探員。他眼看著胡法天向前走來，又聽到胡法天扣鋼櫃的聲音，他幾乎要沉不住氣破門而出了，但是他終於忍了下來。

他的一聲不出，使胡法天又消除了疑心，繼續向前走去，他利用早已偵知的密碼，逐一打開了鐵門，最後，來到了保險庫前。

他小心地撥動著號碼盤，足足撥了十五分鐘，才將沉重的保險庫門打了開來。在他慢慢地拉開保險庫庫門之際，他臉上浮著十分得意的微笑。

可是，當保險庫門被拉開之際，他的笑容凍結了！

穆秀珍第一個跳出來，一支手槍已抵住了他的胸口！

木蘭花緊跟著走了出來，而他的身後，六號、七號探員也已現身，高翔帶著大批探員衝了進來。這一切，只不過是一分鐘之內的事情。

胡法天面色慘白，但是他卻尖聲笑了起來，他乖乖地伸出了雙手，讓高翔加上手銬，然後不斷地笑著，任由高翔帶走。他並沒有反抗，這令得木蘭花鬆了一口氣。

胡法天的就擒，令得本市警方的威信大大提高，警方詳細的公佈了其間的經過，以及胡法天為人利用的經過情形。

競選在第四天舉行，執政黨得到壓倒性的勝利，辛華士以及罪惡分子陰謀奪取本市警政的詭計，遭到了徹底的慘敗。

一星期以後，胡法天案開審，在證據確鑿的情形之下，胡法天無法狡賴，被判處入獄十八年，但是他聞判之後，卻是神色自若。

他的神情仍然十分瀟灑，他轉向在旁聽席中的木蘭花，道：「蘭花小姐，我會來拜訪你的，當然我不會在監牢中度過十八年——十八天已夠多了，你等著好了，我會來拜訪你的！」

當庭警將他拉出去的時候，他仍然高叫：「我會來看你的，我一定來！」

木蘭花站了起來，和穆秀珍一起出了法庭。

「蘭花姐，他會越獄麼？」穆秀珍忍不住問。

「會的，他會越獄，也會再來找我們的麻煩。」木蘭花嘆了一聲，「他將永遠成為我們的敵人，不可能成為我們的朋友！」

木蘭花一步又一步地向前走去，她的腳步和她的心情一樣，十分沉重。

對決

1 震驚世界的爆炸

日新煉油廠的職工，今天都感到似乎有一件十分不平凡的事情發生了。

早上九時半，當日班工人才接班之後的半小時，廠中的汽笛，突然「嗚嗚」地響了起來。

那是放工的汽笛信號，但是晚班放工的時候，信號已經發過了，如今為什麼又會響起汽笛聲來？莫非是廠長喝醉了麼？

煉油廠的職工都知道，這開工、放工的信號，是由電鈕控制的，控制鈕便是在廠長的辦公室中，廠長按下了按鈕，汽笛便長鳴不已，直到一分鐘後才自動停止。

正在開始工作的職工，在汽笛突如響起之際，人人都停止了工作，抬起頭來，好奇地互相觀望著。

日新煉油廠是一個規模極其宏大的工廠，佔地幾達千畝，有著三千多名職工，在廣闊的廠地上，有著醫院，學校，商店，宿舍，戲院，它幾乎是一個小型的城市，它位在本市的東郊，是本市的工業中心，煉油廠的產品，幾乎供應到世界各地。

在汽笛突然響起來之後的三分鐘，各部門的工人都接到命令：將一切機械全部停頓，所有的工人一齊以迅速的行動退出工廠去。

三千多名職工都服從著這個命令，因為這個命令是廠長所發出來，由各級、各部門的主管一級一級地傳達下來，工人們當然只有服從。

於是，在煉油廠的正門外出現了奇景，人潮湧出來，每一個人的臉上都帶著奇怪的神態，他們不知道為什麼突然停工。

在煉油廠的大門外。是一條公路，那是一條車輛來往十分頻繁的公路，在公路上經過的人，也全部看到這個奇景的現象，工人現在應該上班的時候卻退出了工廠。

各種各樣的猜測迅速地由郊區傳到市區，日新煉油廠停工了，是為什麼？是工潮未解決，工人進行罷工？還是機械出了故障，抑或是原油未曾由中東運到？還是別的不可知的原因？

各報記者空巢而出，湧到了東郊來，但是在門口，他們卻受阻了。

日新煉油廠的大鐵門緊緊地關閉著，門旁並沒有看守人——這是記者最感扎手的事情，只要有人在，能幹的記者總可以從守門人的口中，探聽出一些消息來的。

但是，再能幹的記者也無法從一扇緊閉著的鐵門之中探聽出什麼來。

日新煉油廠是定期招待記者的，因此記者們對於煉油廠的一切全都不陌生，在他們的印象中，煉油廠是嘈雜的、熱鬧的，到處全是機器的聲音，到處全是噴著濃煙的煙囪。

但如今，從鐵門中望進去，一切全都變了，沒有一個人，也沒有一點聲音，球形的油庫在秋天的陽光中，閃耀著冷冷的銀輝，彎彎曲曲的油管也靜靜地躺在支架上，除了三輛十分華貴的房車之外，記者們幾乎看不到任何別的東西。

老資格的記者都知道，那三輛房車，一輛是屬於日新煉油廠的廠長呂元泰所有的，另一輛則是總工程師孫中彥的車子。

可是還有一輛灰色的房車是屬於什麼人的，卻沒有人猜得出來，精明的記者連忙就近打電話去查詢，所得到的答案是：這是警方高級人員使用的車子。

這更令得記者感到迷惑了，他們雖然不知道煉油廠為什麼要停工，但是卻知道，事情一定是極不尋常，極其嚴重的。

因為日新煉油廠的產量多，產值高，停工五分鐘的損失，至少要達到兩萬美元以上，記者們知道，工人是九時半開始離開工廠的，現在已是十一時了，這中間，已經損失了多少金錢？而且，看來廠方並沒有立即召回工人來開工的情形，如果不是有什麼極其嚴重的事情發生了，廠方怎會甘冒這樣重大的損失？這的確是一件頭號的重大新聞。

記者們在廠門口等著，他們有決心要弄清事情的真相，同時，他們也不免在眾議紛紛，猜測著這突如其來的事變的真相。

就在這時候，一輛摩托車以極高的速度自西馳來，衝到了工廠的大門前停下，一個英俊挺拔的男子，用一種十分瀟灑的姿態，自車上跳了下來。

他除下右手的薄皮手套，在大門旁的電鈴上按了起來。那個電鈴，剛才記者們不知按過多少次了，一點反應也沒有。

但這時，那年輕男子才按了幾下，便看到一間小石屋中，走出了一個大漢來，那個大漢顯然是來準備開門的。

那年輕男子才一停下來的時候，便有不少記者在招呼他了，有的道：「高主任，你怎麼來遲了啊？」

有的道：「高主任，你一向和新聞界最合作，這次自然也不例外了。」

有的則道：「高主任，究竟發生了什麼事情，請先告訴我們。」

高翔卻只是面上帶著微笑，一言不發。

等到那大漢打開了鎖，高翔一推門，閃身進去，又立即將大門「砰」地關上，有幾個記者想趁機擠進去，卻未能成功。

「高主任！」幾個人又一齊叫。

「對不起，」高翔隔著鐵門，做了一個無可奈何的手勢，「我只是奉召來這裡，究竟這裡發生了什麼事情，我也不知道，我正在度假，各位是知道的。」

那幾個記者還想再追問什麼，但是高翔卻已大踏步地走了進去，那大漢也縮回了傳達室中，任記者們威逼利誘，也不肯出來了。

高翔急匆匆地向前走著，他不得不將摩托車停在大門外，是因為怕被記者跟了進來，他急於想知道方局長為什麼會取消了他的假期。

他當然也想知道，為什麼煉油廠忽然停了工。

所以高翔的腳步十分快，他幾乎是在跑步，但是，在那條筆直的大路上，他還是花費了近十分鐘的時間，才來到辦公大樓門口。

一個中年職員神態緊張地等在門口，一見高翔，便道：「高主任麼？請上二樓，貴局的方局長和我們呂廠長正等著閣下。」

那人在講話的時候，聲音甚至在微微地發顫，高翔立即知道了事情的極度不尋常，他輕輕拍了拍那職員的肩頭，道：「別緊張，什麼困難的事，總是可以解決的！」

他一面講，一面已向樓梯衝了上去，他只聽得那職員在他的身後，嘆了一口氣。

高翔來到了二樓廠長辦公室的門口，只聽得一個乾啞的聲音叫道：「這不是辦法，這絕不是辦法！要這樣做的話，工廠所受的損失，實在太巨大了！」

另一個聲音道：「可是，廠長，你可曾考慮過如果不這樣的話，那麼本市極可能遭受到不可估計的損失，可能整個城市在地球上消失不再存在！」

那是方局長的聲音。

方局長絕不是遇事大驚小怪的人，而他居然將事情說得如此之嚴重，可知道發生在煉油廠中的事情，實在是非同小可了。

高翔不再遲疑，他伸手敲門，室內爭執的聲音停了下來，一個人問：「誰？」

「是我，高翔。」

「噢，快請進來。」三個人的聲音同時響起。

高翔推門而入，寬大的辦公室中，只有三個人：廠長呂元泰，總工程師孫中彥，和方局長。辦公室中的氣氛，緊張得異乎尋常。

高翔推門進去，停了一停，才關上了門。

辦公室中的三個人全不講話，高翔在一張沙發上坐了下來，道：「看來事情的確很麻煩了，是不是？我可以抽一支煙麼？」

高翔因為看出三個人的神色都十分緊張，所以他特地表現得十分輕鬆，想來緩和一下當前那種緊張得使人難以喘息的氣氛。

但是高翔卻並沒有成功！

呂廠長，孫總工程師和方局長三人的面色，更加陰霾，他們互望了一眼，方局長清了清喉嚨，道：「高翔，你看這封信。」

方局長自桌上取起一封信來，高翔連忙站了起來，將那封信接了過來，他才看了一半，他面上的神色，也變得蒼白起來了。

事情比他想像的要嚴重得多！

那封信不是寫的，而是用各種大小不同的鉛字剪貼而成的，要貼成這樣一封信，顯然得費一些工夫，但是從這封信的驚人的內容來看，那樣費工夫去湊成一封信，顯然還是值得的。

以下是這封信的全文：

呂廠長大鑒：

相信你一定知道現在最新的烈性炸藥，是具有何等樣的威力的爆炸品的，現在本人有一個對你來說是十分不幸的消息要告訴你，在你們煉油廠的某一個地方，正有著三十公斤這樣的烈性炸藥，是本人所放的，將在四十八小時之後，也就是在你們收到信後的四十七小時爆炸，除非你們能夠找出這三十公斤烈性炸藥來，要不然整個煉油廠便會化為烏有了。

閣下不妨向警方求助，也可以提議警方，轉請女黑俠木蘭花姐妹協助，但如果到了最後關頭，仍未能有辦法的話，我則可以提供一點小小的幫助，在爆炸發生前的兩小時，如果你還沒有辦法，而又不想煉油廠化為烏有的話，那麼，請你在你的辦公室中，等候我的電話。

再啓者：請不要用無線電波探測器來探測炸藥的所在，因為本人在炸藥上作了一個十分靈巧的裝置，一接觸到無線電波，或是經受了過分的震動，炸藥便會突然爆炸的。

順此，希望你一收到這封信，立時停工，解散工人。祝你快樂。

信末並沒有具名。

當高翔看到最後「祝你快樂」四個字時，他實在有啼笑皆非之感。他抬起頭來，面色已在不由自主之間變得蒼白了。

他揚了揚貼滿了鉛字的信紙，道：「你們以為這是真的，而不是在開玩笑？我看開玩笑的成分比較大，我們大可以置之不理！」

在他對面的三個那人全不出聲，過了半分鐘，方局長才嘆了一口氣，道：「但願這只是有什麼人在開玩笑，但是，高翔，你知不知道，前天，公路局本市築路股的危險品倉庫中，發現少了一箱烈性炸藥和一些爆炸裝置，數量剛好是三十公斤。」

高翔沉默片刻，又道：「或許……有什麼人知道了這個消息，故意來開玩笑，恐嚇一下廠方的？這也不是沒有可能的事！」

高翔雖然這樣說著，但是卻連他自己也感到自己的話太沒有說服力了，所以他講完之後，不由自主地苦笑了一下。

「不，這不是開玩笑，」方局長搖著頭，「在失去烈性炸藥的危險品倉庫中，發現留下了一張條子，那條子上面的字也是剪成的一句：『這三十公斤炸藥，將造成一場震驚全世界的爆炸！』這張條子和這封信，顯然全是一人所為！」

「震驚全世界的爆炸？」高翔有點懷疑。

「可以這樣說，」方局長的聲音很沉重，「這裡是煉油廠，是一點火花也可能引起巨大災禍的地方，如果真有三十公斤烈性炸藥在煉油廠中爆炸，那將引起一場不可收拾的大火，通運市區的各輸油管也會次第爆炸，燃燒，將烈火帶到市區，到時候，究竟會造成怎樣的損失，是無從估計的，這件事如果發生了，那一定震驚全世界的！」

高翔默然無語了，他抬起頭，從窗口中望出去，巨大的油庫一個一個地聳立著，這些油庫若是著火燃燒，情形會怎樣，實是難以想像！

如今，這偌大的工廠中雖然極之沉靜，但是隱伏著的危機卻是如此驚人，一個處理不當，只怕本市就要毀滅了！

高翔的額上不禁沁出冷汗來。

方局長又沉聲道：「所以，我剛才建議呂廠長，先將廠內的一切儲油，包括原油和煉成的汽油，以及所有的副產品在內，全由廢品管送到海中去，將這些東西放清之後，即使發生了爆炸，受損害的範圍也必然大大地縮小，絕不會危害到市區。」

「可是這樣一來，日新煉油廠就破產了！」呂廠長的聲音，顯出他有點心力交瘁，雖然收到那封信之後到現在，只不過兩個多小時，然而這兩小時之內，呂廠長心頭上的負擔，卻是無可比擬的！

他續道：「煉油廠破產，將近萬個工人要失業，影響所及，方局長，你想想，會造成社會上什麼樣的混亂？」

方局長用手輕輕地敲著額角，一言不發。

難堪的沉默，又籠罩著寬大的辦公室。但孫總工程師最先打破沉默，他道：「我看做這件事的人，不外是想勒索一筆錢罷了。」

「是啊，」呂廠長附和著，說：「我們給他好了。」

方局長緩緩地道：「兩位不要衝動，我們首先將盡我們的可能，將這三十公斤炸藥找出來，等到真正找不出的時候，再作決定，貴廠在這四十八小時內，只好停工，但是各部門的負責人卻要向廠方報到，協助警方人員尋找炸藥。

高翔咳嗽了一聲，道：「那麼說，這件事情必須向外公佈了？這會引起市民極度的恐慌，後果是難以想像的！」

「暫時不必公佈，呂廠長，進工廠來的人，在最後兩小時之前，不能出去，一切電話都受警方的管制，那樣，消息就不會傳出去了。警方將請求軍方的協助，加強搜索力量和防守廠地。高翔，你去和蘭花、秀珍她們兩個聯絡一下。」方局長嚴肅地吩咐著：「呂廠長，希望你能和我們合作。」

呂廠長來回地踱著步，他的步伐，顯示他心頭的焦慮。

他考慮了幾分鐘，才道：「在我們的立場而言，我們倒是寧願付出一筆勒索費的，所以，我請求，在最後的兩小時內，若是仍沒有任何收穫的話，那麼，警方便不必再理這件事了！」

呂廠長的話，雖然講來極其委婉，但是卻也嚴重地傷害了方局長和高翔兩人的自尊心，兩人的面色變得極其難看。

方局長冷冷地道：「你們甘願受他們的勒索，那也可以，但是我相信，在軍警聯合搜索之下，是一定會有所收穫的。」

呂廠長也顯得很不愉快，道：「但願如此！」

「呂廠長，你的辦公室，我將暫時借用，作為這次搜索行動的總指揮室。」方局長一面說，一面已拿起了電話，開始和軍部聯絡了。

等在煉油廠大門口的記者，只看到高翔匆匆地出來，騎上了摩托車，疾馳而去。過了不多久，幾輛滿載警員的警車開到，在廠門口擺起了鐵馬，將所有人阻在五十碼之外，記者們更不肯離去了，他們以麵包裹腹，等候著新聞。

繼續開來的軍人和警員越來越多，全都開進了廠地中，又有一批不住在工廠宿舍中的工人，也被召進了工廠之內。

可是，究竟為了什麼事，記者們卻仍是無法獲知。

在工廠中，已經有將近七百名軍警和工人，在每一個角落，搜尋著這三十公斤烈性炸藥，他們不敢使用探測儀器，只是在每一個角落尋找著。每一個參加搜索工作的人，都知道事情的嚴重性，他們也準備四十小時不眠不休地來尋找。

在工廠中仍是那樣地安靜，幾乎沒有人交談。

但是在沉靜中，氣氛的緊張卻是難以形容的。

當太陽漸漸地移向正中的時候，更多的搜索人員進了工廠，而幾家午報已經以極大的篇幅，報導了日新煉油廠中發生的不尋常的事，午市的股票市場立時也起了一陣小小的波動，日新煉油廠的股票，每一股下跌了百分之九點三。

而這一切，木蘭花和穆秀珍卻全然不知道。

她們兩人一早就離了家，到了海邊，在海邊，馬超文和他的遊艇在等著她們。

馬超文要到一個小島中去搜集岩石標本，作為他研究地質之用，木蘭花和穆秀珍則乘機去玩，他們是早約好了的，秋高氣爽，陽光清朗，當遊艇向海外駛去的時候，他們都覺得心情和天氣一樣地開朗。

遊艇停在一個小島的旁邊，那是一個真正的荒島，四面全是大海，馬超文爬上島去，敲鑿著岩石，木蘭花和穆秀珍在沙灘上漫步，舒散著因城市生活而帶來的緊張的心神。

穆秀珍揀拾了一大袋貝殼，赤著腳在沙灘上奔著，跳著……

中午，他們回遊艇吃簡便的中飯，而就在他們嚼吃著三明治的時候，看到了另一艘快艇，正以極高的速度向這個小島接近。

由於那艘快艇前進的速度實在太快，以致艇內的水花濺起足有十多呎高，形成兩個扇形，向左右分射了開去，蔚為奇觀。

木蘭花首先站了起來，順手取過了望遠鏡來，在取過望遠鏡的那一瞬間，她的神情也不免十分緊張，然後，當她看了一看之後，她便放下了望遠鏡來，道：「是高翔來了。」

「好啊，」穆秀珍跳了起來，道：「一定又有什麼事發生了！要不然，高翔就是來……」

穆秀珍講到了一半，發現木蘭花似乎一點也不欣賞自己的高興，她不得不停了下來，坐到了帆布椅上，可是忍不住說道：「他一定是有事情才來的。」

「天，」馬超文卻滿面憂慮，「不要是再去冒險！」

「真沒用，枉你是男人！」穆秀珍撇了撇嘴。

木蘭花卻並不出聲，只是微微地皺著眉頭，像是正在沉思。那艘快艇速地接近，終於來到了近前，高翔大叫的聲音，也可以聽到了。

高翔大聲叫道：「蘭花，終於找到你了！」

木蘭花慢慢地站了起來，高翔的快艇已減慢了速度，來到遊艇的旁邊，穆秀珍拋出了一條纜繩，快艇和遊艇並泊了。

木蘭花這才道：「好幾天不見，你不是開始今年的假期了麼？為什麼假期又被取消了？」

高翔呆了一呆，道：「原來你已經知道？」

「我什麼也不知道。」

高翔跳上了遊艇，才一站定，便從口袋中取出一封信來，道：「蘭花，你看這封信，看完了這封信，再表示你的意見。」

那封信，就是今午九時，日新煉油廠廠長呂元泰所收到的那一封，木蘭花將信打開，馬超文和穆秀珍也一齊湊過去。

穆秀珍一面看，一面大呼小叫，道：「啊呀，這還了得？那傢伙也未免太辣手了，好傢伙，三十公斤烈性炸藥，真要炸了起來，還有剩麼？」

木蘭花卻一聲不出。

她看完了信，又將之交給了高翔，搖頭道：「我沒有什麼意思，去問問煉油廠方面，最近可有開除過什麼人，就可以水落石出了。」

「我最先也是這個意思，但是，卻的確有三十公斤烈性炸藥被盜走了。」高翔將方局長的話，向木蘭花複述了一遍。

「那也不見得便是真的，而且，我想這時候，警方人員也應該已找出那三十公斤炸藥來了，不值得再大驚小怪的了。」木蘭花仍是相當冷淡。

「蘭花，煉油廠的廠地如此之大，我相信要在四十八小時之內，在偌大的廠地，無數的機器之中找出三十公斤炸藥來，是十分困難的。」高翔頓了一頓，又道：「蘭花，你不想去煉油廠看一看麼？我來的時候，煉油廠發生非常變故的消息，已傳到了市區，市民已經感到隱憂，這是本市一個極大的危機。」

「這全是你們自己鬧出來的。」

高翔呆了一呆，道：「蘭花，你何以如此肯定這封信中所說的不是事實？你根據什麼來下決定，我們不必採取措施？」

2 報復

高翔的聲音中，多少也有了一些惱怒的成分。

那是因為他的心中焦急到了極點，但是木蘭花卻若無其事，反而大有責怪他天下本無事，庸人自擾之的原故。

木蘭花望了他一眼道：「這理由很簡單，三十公斤烈性炸藥，連同定時爆炸裝置，體積相當大，那人如何能不給守門人看到帶進去？」

「這是很脆弱的理由，事實上是可以有辦法做得到的。」

「高翔，你沒有明白我的意思，我是說，真有什麼人要趁機勒索一番的話，他大可以利用最小型的定時爆炸器，攜帶安裝都要方便，而且不容易為人覺察，為什麼他要用三十公斤烈性炸藥？這個人難道存心將本市完全炸個精光？」

穆秀珍怔怔地聽木蘭花講著，臉上頓時現出了大失所望的神色來，道：「原來是開玩笑，我當又有一場緊張的事情了。」

高翔呆了半晌，木蘭花的話聽來是相當有理的。

的確，如果有什麼人要敲詐煉油廠的話，為什麼要動用三十公斤烈性炸藥呢？這一大批炸藥連同爆炸裝置，總有四十公斤左右，尋常人是搬也搬不動的，又何必多此一舉，因為對一個油庫來說，一枚小小的定時炸彈，也可以引起巨大的災害了！但是，事情又真的如此簡單麼？

高翔之所以不出聲，就是因為他決不定木蘭花的推斷是不是百分之百的正確。

他呆了好一會，正待講什麼時，快艇上的一個警員叫道：「高主任，你的電話。」

高翔連忙跳回了快艇。

木蘭花等三人繼續吃著午餐。

五分鐘後，高翔回來了，他的面色十分難看，他在桌旁坐了下來，先喝了一口水，然後道：「蘭花，你知道這件事是誰幹的？」

木蘭花秀眉微皺，道：「你這是什麼意思？」

高翔嘆了一口氣，道：「胡法天越獄了。」

木蘭花和穆秀珍兩人，陡然站了起來。

胡法天越獄了！這的確是極為驚人的消息。

胡法天被判入獄只不過一個多月，當他在法庭上向旁聽的木蘭花咆哮說他定然會在極短的時間內出獄，再和木蘭花作對時，木蘭花只是一笑置之。因為胡法天是被作為危險分子看待，受極嚴格的單獨囚禁處分的，他要越獄，是十分困難的事情，但如今，他竟然越獄了。

木蘭花立即又坐了下來，道：「他是什麼時候走的？」

「今天早上十一點鐘，獄卒要他出來散步時，打開監門，他已不在了，我是剛才在電話中，才接到獄方的報告的。」

「那麼，煉油廠的事情就不應該和他有關的了。」

「和他有關，」高翔苦笑道：「他打了一個電話給我，剛才，我聽了他在電話中講話的錄音，他要我們好好地去找一找，那炸藥雖然不是他親手放的，卻是在他的安排之下放好的，他說，如果我們找得到那炸藥，他便承認失敗，要不然，我們就得接受他的條件，那的確是胡法天的聲音！」

木蘭花想了片刻，道：「他講得如此肯定？」

高翔點了點頭。

「那證明事實上並沒有什麼炸藥在煉油廠中，所以他知道我們再找也找不到的，所以他才會說如果我們找到，他就承認失敗。」

高翔深深地吸了一口氣，道：「蘭花，如果萬一你判斷錯誤？如果萬一真的有三十公斤烈性炸藥藏在極隱密的地方？」

「對，如果萬一有，我們誰也負不起這個責任，所以我們必須做一點事情，超文，我們回市區去，請立即啟程。」

馬超文立即站了起來，向駕駛室走去。

「蘭花姐，我們是到煉油廠去？」穆秀珍問。

「不，煉油廠中相信已有好幾百人在搜索了，我們回市區去，去找胡法天，高翔，你們的目標，是在四十小時內盡量搜尋炸藥，我的目標則是盡可能地去尋找胡法天，找到了他，一切事情也迎刃而解了。」

「這——」高翔想說。這比在煉油廠中找炸藥更難得多了，但是他知道木蘭花既然作出了決定，那是誰也改變不了的了。

所以，他只講了一個字，便未曾再講下去。

而這時候，遊艇和快艇都已經乘風破浪，回市區去了。兩艘船靠岸的時候，是下午兩點鐘，他們才一上岸，便聽得報童大叫「號外」的聲音。

高翔買了一張，只見號外上老大的紅字：「日新煉油廠離奇停工，大批軍警入駐廠內，內幕離奇，耐人尋味。」由於記者們始終未曾獲悉原委，新聞當然也說不出什麼名堂來，但是那卻更增加了事情的神秘性。

木蘭花只不過向號外略看了一眼，便道：「高翔，我們要分頭進行了，每隔四小時，如果有可能的話，我便和你聯絡。」

「好的，」高翔點頭，「我一定在油廠中。」

木蘭花向穆秀珍使了一個眼色，兩人快步向前走去，穿過了馬路，便召了一輛的士回家去。在車中，木蘭花一句話也不說。

車子向前平穩地行駛著，穆秀珍實在忍不住了，道：「蘭花姐，我們不是要去找胡法天麼？何以竟回家去？不去找他？」

木蘭花仍舊不出聲，等到穆秀珍第二遍發問的時候，她才道：「秀珍，胡法天出來之後，一定會到我們家中去的！」

穆秀珍吃了一驚，道：「你說他會在我們家中？」

「我沒有那樣說，我只不過說，他一定曾到過我們的住所，我們趕回去，並不是要和他見面，只是希望發現一點線索！」

「哼，這傢伙真不是東西，他再落在我的手中，我一定不和他客氣！」穆秀珍捋了捋衣袖，揚揚拳頭，大有恨不得立時動手之意。

木蘭花卻緩緩地搖著頭，道：「他越獄之後，行動自然更小心，秀珍，你不要將事情看得太輕易了，胡法天是一個極難對付的人物！」

穆秀珍點了點頭，道：「我知道！」

當車子離她們的住所還有七八十碼時，木蘭花便吩咐司機停下來，她們下車，向前走了十來碼，兩人在路邊的一塊大石後躲了起來，木蘭花取出了一具望遠鏡，向她的房子觀看著，一切似乎都正常，沒有什麼值得懷疑的東西。

但是，在花園的鐵門上，卻掛著一塊紙牌。

那紙牌上有一些字寫著，但寫的是什麼字，木蘭花卻看不到。木蘭花將望遠鏡遞給了穆秀珍，穆秀珍也看不出上面寫的是什麼字。

她們又向前走出了三十來碼，這一次，在望遠鏡中已清楚地看到那牌子上寫的是什麼了，那牌子上寫的字，證明了木蘭花的推斷，胡法天來過了。

牌子上寫的是：此門不可開，一開觸動機關，黑箱車便會駛來。

穆秀珍怒道：「真是豈有此理，我偏要開，怕什麼！」

木蘭花的面色十分凝重，她迅速地爬上了路邊的一株大樹，用鋒銳的小刀，割下一根手臂粗細的樹枝來，那樹枝約有七呎長短。

她削去了枝葉，使之成為一根木棍，然後向門口走近。穆秀珍滿面怒容地跑在後面，到了門口，她們才發現鐵門是虛掩著的。

她們在離家的時候，是清清楚楚鎖上門的，而且，還按下了兩個秘密裝置的按鈕，一個是每隔半分鐘便自動拍攝一張相片的攝影機，另一個按鈕則是控制著一股輕微的電流的。

這股電流被接通之後，任何人企圖推開門，或是翻過牆頭的話，是會全身發麻，被彈開去的。但如今，門卻被打開了，虛掩著。

木蘭花來到門前，她立即看到，有一根極細的銅絲從門閂連接著，通到一個花盆之後，花盆之後隱藏著什麼東西，卻看不到。

木蘭花先用手中的木棍，按住了那根銅絲，接著，她用一支鉗子小心地將那根銅絲鉗斷。然後，她再仔細地檢查著鐵門，這才退後了幾呎，突然用手中的木棍推開了鐵門，在鐵門被推開的一剎那，她一拉穆秀珍，兩人迅速地向後退去。

鐵門慢慢地打了開來，並沒有什麼事發生。

穆秀珍鬆了一口氣，說道：「那銅絲連接著什麼？」

木蘭花搖頭道：「不知道，或許是十分危險的東西，秀珍，你將相機取下來，看看胡法天是自己來這裡，還是派人來的。」

她們一齊向門內走進，穆秀珍揭開了鐵門旁水泥柱的燈罩，伸手進去，可是她才一伸手進去，便突然怪叫了一聲，縮回手來。

木蘭花正在順著那根銅絲，向花盆之後走去，一聽到穆秀珍的尖叫，嚇了一跳，陡地轉過身來，只見穆秀珍哭喪著臉，手中卻抓著一大塊蛋糕。在蛋糕上掛著一張卡片，上面寫著幾個字：吃它吧，沒有毒的。

木蘭花道：「秀珍，為什麼不看清楚再伸手進去？」

「我以為相機總是在裡面的，誰知道是這玩意兒？」穆秀珍用力摔掉了手中的蛋糕，嘟著嘴，又氣憤又委曲的說。

木蘭花轉過身，繼續向前走去，來到了花盆的後面，她看到了那根銅絲連接著的東西，那並不是一瓶硝化甘油或是什麼別的，只是一隻小孩子玩的橡皮貓。

木蘭花用樹枝將之挑了起來，那隻貓兒發出了「吱」地一聲響，在貓身上，也繫著一張卡片，上面寫著「哈哈」兩個字。

「哼，這混帳東西！」穆秀珍罵了一句。

木蘭花卻並沒有生氣的樣子，她取了那隻橡皮貓，看了一回，才將之拋出了牆外，繼續向前走去，還未上石階，就看到大廳的門也是虛掩著的！

胡法天竟連這扇門也弄開了，那他一定是先截斷了這屋子的電流，才能夠做到這一點的。

因為若不是那樣的話，他一開這扇門，去旋轉門把的時候，上面便會有一股麻藥噴出來，令他昏倒的，那門把和普通的門把不同，它固然可以旋轉，但是旋轉並不能打開門，只能發動噴射麻醉劑的裝置，它要向外拉出兩吋，才能將門打開。

胡法天沒有理由會知道這個秘密，這是高翔設計的，除了高翔，木蘭花和穆秀珍三人之外，可以說絕沒有第四個人知道了。而胡法天居然能打開這扇門，當然是他先設法截斷了電流供應才能做得到的。而今天，她們又恰好是一早便出去了！

這一切，是不是巧合呢？

還是胡法天根本是隨時可以越獄，而他之所以揀了今天才走，乃是因為他知道了今天自己不在家中，他可以從容行事呢？

如果是後者，那事情便更嚴重了！因為那說明胡法天並不是獨來獨往的，一定有一個組織十分健全的團體，是在供他指揮，要不然，他不可能行事如此之順利？

木蘭花和穆秀珍站在門口，她們自然也看到了那另一塊紙牌，紙牌上寫道：「此門真正不可推開，否則性命難保，剛才請吃蛋糕，如今當心飛刀。」

穆秀珍「呸」地一聲，道：「什麼飛刀？」

她陡地向前，越上了石階，不等木蘭花去阻攔她，她飛起一腳，已將門踢了開來，隨著大門被踢開，只見門上一隻紙盒跌了下來。

自盒中跌出許多白紙剪成的飛刀來，飄飄揚揚，散了一地，穆秀珍哈哈大笑，道：「胡法天，你在哪裡？弄這些鬼把戲，能嚇倒什麼人？」

她一面笑，一面便大踏走地向內走去。

但是木蘭花卻連忙踏前一步，將她拉住，道：「別亂走，胡法天已經進來過了。」

「他來過了又怎樣，」穆秀珍指著地上紙剪出的「飛刀」，「我們還怕這些東西麼？」

「你想，胡法天好不容易偷進了我們的屋子，他會只放下這些東西就離去麼？他是在使我們大意，然後再中他的奸計。」

穆秀珍顯然不十分同意，但是她卻不得不道：「好，好，不亂走便不亂走，自己的家中反倒不能走動了！」

她後一句話講得十分輕，那是為了怕被木蘭花聽到了罵她，她一面說，一面向一張沙發倒了下去，然而，就在她快要坐到沙發上之際，木蘭花陡地尖叫了一聲：「別坐下去！」

那一下尖叫聲，令得穆秀珍疾跳了起來！

她埋怨道：「蘭花姐，這是做什麼，我心臟病都要發作了！」

木蘭花冷冷地道：「未曾經過徹底檢查之前，屋中每一樣東西都不能動，你怎麼知道這張沙發上沒有致命的陷阱。」

「那我們怎麼辦呢？」穆秀珍哭喪著臉。

「檢查！」木蘭花一面說，一面向那張沙發走去，她輕輕地掀起了沙發墊子，道：「秀珍，你自己來看！」

穆秀珍向前看去，也不禁一呆。

在沙發墊子下，有一塊小小的木板，木板上放著一條鋼片。那條鋼片如果受到壓力的話，是會向下移動的，那就會觸動一個掣，而這個掣卻連接一小瓶的炸藥。炸藥的分量十分少，看得出絕炸不死人，但是足夠炸爛沙發墊，使人受傷。

穆秀珍呆了半晌，想起剛才自己若是用力坐了下去的話，如今豈不是……她紅著臉，道：「胡法天這傢伙，太可惡了！」

木蘭花將一根金屬線拆了下來，將那木板放開，道：「秀珍，我們的時間不多了，這裡我們只好暫時放棄，不再居住了。」

「那我們豈不是無家可歸了？」

「對的，在今後四十小時中，我們的確要無家可歸了，你看到了沒有，胡法天好像十分有把握，他並不急於殺我們，只是想要我們出醜！」

「嗯，是的。」穆秀珍心服口服地點頭。

「而這一切，全不是他出獄後短短的一兩個小時所能辦好的，他一定有一批黨徒在聽他的指揮，即使是他在獄中的時候，他的命令也是一樣可以傳出來的，我相信這是他精巧的電子儀器的功勞，我們不必再在這裡花時間，我們去找他！」

「找他？那敢情好，可是上哪兒去找？」

「就是上次我們見他的地方。」

「他會在那裡麼？」

「他是一個極其自負的人，自負到了吃一次虧，便永遠記在心頭的程度，我想他知道我們也不會那麼容易上當，而我們也會去找他，他絕不會害怕見我們，他一定佈置了一個新的陷阱，這個陷阱，就在他上次見我們的地方，我們就去看他！」

「那我們不是去自投羅網麼？」穆秀珍很不服氣。

「是的，可是說是自投羅網，但這是我們去見他的唯一辦法，我想，你可以不必去，由我一個人前去好了。」木蘭花望著穆秀珍。

「不行，我們一齊去。我去取用具。」穆秀珍說著，又向樓上衝去，但是她才衝出了一步，便立時停了下來，尷尬地笑了笑。

「你要和我一齊去也可以，但是我們既然是去自投羅網的，就要有自投羅網的準備，必須忍受對方的一切揶揄，我們絕不可以發怒，更不可胡亂出手！」

穆秀珍道：「當然，我做得到的。」

木蘭花示意穆秀珍先走，然後她自己也慢慢地退出了屋子。她心中暗忖，這屋子要好好地清理，只怕也要花不少工夫！

當然，這是一切全過去之後的事情了，而一切能夠順利地過去麼？

木蘭花這次實在是沒有什麼把握，因為她已相信，的確是有三十公斤烈性炸藥被安放在煉油廠的隱密的地方了。

胡法天為了向她們報復，向警署報復，他的確是什麼都做得出來的，他手中握著皇牌，而自己若是一不小心的話，滔天大禍立時就降臨了。

退出屋子之後，木蘭花在路邊站了片刻。她們步行著，到了一百碼外的巴士站，然後，搭巴士進入了市區，在將到胡法天住所的時候。木蘭花和高翔通了一個電話。

煉油廠中的搜索，仍然沒有結果。

這是在木蘭花意料之中的事情，因為像胡法天那樣的人，他如果要隱藏三十公斤烈性炸藥的話，是絕不會被人輕易找到的，他一定將之放在極其巧妙的地方！

而煉油廠的地方如此之大，機器如此眾多，要尋找一包炸藥，的確是極其不容易的事。

木蘭花告訴高翔，說她和穆秀珍正設法去見胡法天，可能會有長時間不能和他通電話。

當高翔還想問她到什麼地方去見胡法天時，木蘭花已放下了電話。

她略為檢查了一下身上所帶應用的東西，由於她在離家的時候，只是想去玩一天的，所以除了那只高翔特地為她製造的「頭箍」之外，幾乎沒有別的東西。

穆秀珍的情形自然也是一樣。但是，她們還是走進了那幢大廈，進了電梯，到了七樓，當她們踏出電梯的時候，穆秀珍的臉上不由自主地現出了惱怒的神色來。

木蘭花向她望了一眼，穆秀珍勉強裝出一副笑容。

木蘭花不禁給她逗得笑了起來，兩人才到門口，門便自動打開了，木蘭花向內看去，只見裡面的佈置有了改變。

屋內所有的傢俬都不見了，地上則鋪著一層地氈，那是以前所沒有的。一個瘦削的中年人已站在門口，向兩人鞠躬如也，道：「請進來。」

木蘭花大踏步地走了進去，穆秀珍緊緊地跟在後面。才一走進去，她便不禁呆了一呆。

若是說這屋中已一點傢俬也沒有了，那也是不對的，因為在大廳的一角，還有一張椅子，那椅子上坐著一個身材矮胖得異乎尋常的人。

那人光頭，臉上有好幾道疤痕，他的雙手平放在膝上，手指粗而短，在他的手背之上，有著好幾塊突出來的厚肉。

這樣的一個人，在行家的眼中，一眼便可以看出，那是一個在「空手道」方面有極高造詣的一個人。

這個人在這裡，是什麼意思呢？

木蘭花一直來到了室內，那瘦削的中年男子道：「對不起得很，由於特殊的用途，桌椅都被搬開了，兩位要站一會。」

「不要緊的，胡先生呢？」

「胡先生他說，兩位是一定要來的，他等著，但是他所住的房間，只有一道暗門可以通進去。」那瘦子客氣地說。

「不要緊，我們走暗門好了。」

「不過，那道暗門卻是由木村谷先生坐在門口守護的，這位便是木村谷先生。」瘦削的男子向那個坐在椅上的矮胖子指了指。

穆秀珍「嘿」地一聲冷笑：「我來攆走他！」

木蘭花卻一伸手，攔住了穆秀珍。

穆秀珍雖然站住了不再向前衝去，但是她仍然撩拳攘臂，木蘭花緩緩地向前走著，來到了離木村谷兩碼的地方站定。

她站定了之後，向木村谷緊緊地鞠了一躬。

木村谷本來坐在椅上，神色木然，無動於衷，對眼前的一切，像是根本未曾看到一樣，但是，當木蘭花向他行禮之際，他卻也站了起來，還了一禮，然後又坐了下來。

木蘭花沉聲道：「木村先生，請你讓一讓路，我要由這扇暗門去見胡先生。」

木村谷翻了翻眼睛，傲然道：「聽說你的武術師傅是兒島強介，是不是？」

木蘭花點頭道：「是的，兒島恩師也時時提及琉球空手道大師，木村谷先生的大名，今日得見，實在是三生有幸！」

穆秀珍在一旁，吃了一驚。

3 惡鬥

她本來不知道那木村谷是何等樣人，她剛才還準備衝了過去，將對方自椅子上直提起來，摔出去的，可是如今聽得木蘭花這樣講法，她已知道那看來毫不起眼的人是大有來歷的人物了，她不禁暗自慶幸，心忖剛才幸而不曾亂來。

木村谷大剌剌地道：「小姐，兒島強介是我慕名已久的高人，你既然是他的弟子，我可以網開一面，你從這裡過去吧！」

他陡地站了起來，雙腿張開，伸手向兩腿之間指了指。

他的意思十分明顯，只要木蘭花從他的胯下鑽過去！

穆秀珍立時瞪大了眼睛，氣得脹紅了臉，如果這時只有她一個人在，那麼不論對方是木村還是鐵村，她一定已經出手了。

木蘭花的面色也變了一變，但是她隨即恢復了鎮定，道：「如果我不想那樣呢？可還有別的辦法可以過去麼，木村先生。」

「有！」木村谷陡地揚起手來，發出了一下驚心動魄的呼叫聲，手掌向他剛才所坐的那張椅子的椅背，直劈了下去！

只聽得「叭」地一聲響，手掌到處，桃木的椅背竟然裂成了兩半，木村谷得意地笑了起來道：「自我的雙手之下打過去！」

木蘭花深深地吸了一口氣，她料不到胡法天的住處，會有那麼出名的一個武術高手在。

在木蘭花的冒險生活之中，和人大打出手，可以說是再尋常不過的事情了。但是真正和高手過招的機會，卻也是不怎麼有的。在黑龍黨的總部，她曾和她授業恩師兒島強介的弟弟兒島谷溫動過一次手。

那是一場真正震人心魄的惡鬥，她仗著機智應變，總算勝了兒島谷溫，但是事後，她想起來，仍不免心中暗有餘悸。如今，這木村谷是和兒島強介齊名的高人，要和他動手，是不是有勝利的機會，木蘭花實是不敢想像！但一動上手，將是一場驚心動魄的惡鬥，那卻是毫無疑問的！

她緩慢地道：「木村先生，你受人利用了。」

木村谷的態度，實是驕傲得可以，他揚著頭，道：「沒有什麼人可以利用我，聽說你在這一帶的名氣很大，我要會會你。」

木蘭花道：「不可避免麼？」

木村谷突然哈哈大笑起來道：「不可避免！」

木蘭花後退了一步，臉上的神情十分嚴肅，她向穆秀珍招了招手，等穆秀珍來到她身邊之後，她低聲道：「秀珍，我講一句話，你必須聽我的。」

穆秀珍點了點頭。

「秀珍，如果我敵不過木村谷，你就立即設法逃走，和馬超文一齊到外國去，再也不要捲入是非的漩渦了，明白麼？」

穆秀珍張大了口，她忍不住淚盈於睫。

木蘭花忙搖著她的肩頭，道：「傻丫頭，我未必一定打不過他的，怎麼你倒先哭起來了？聽我的話，照我的話去做！」

穆秀珍咬著下唇，又點了點頭，可是她的心中卻已經決定了：木蘭花如果不敵的話，那麼她就不顧一切地拚命。她這樣決定之後，心情反倒平靜了。

她不再流淚，退後了幾步。

木蘭花自然可以從她臉上的神情中，看出她的心中在想些什麼，木蘭花知道她絕不會遵從自己的囑咐的。

但是，在這樣的情形下，木蘭花也覺得自己沒有法子再多說什麼，她嘆了口氣，轉過頭來，又向木村先生行了一禮，說道：「請木村谷指教。」

木村谷的臉上現出相當驚訝的神色來，他「啊」地一聲，道：「你居然接受我的挑戰？你可是真的想清楚了麼？」

木蘭花笑得十分平靜，道：「士可殺而不可辱，在如今這樣的情形之下，我還有什麼法子不接受閣下的挑戰呢？」

「好，」木村谷挺身而立，「為了你是近十年以來，唯一敢接受我的挑戰的人，我先讓你攻我三式，三式之內，我不還手。」

木蘭花一聲不出，這是她取勝的一個極好的機會！木村谷竟如此自負，三式之內他不還手，自己大可不必和他客氣了，她立時道：「多謝木村先生相讓，我進攻了！」

「空手道」是和日本柔道截然不同的一種武術，這種武術，有點接近於中國古代的橫練外功，它是真正憑一天，一個月，一年，十年，二十年的苦練累積而成的，一個空手道的高手，伸指可以插斷一吋厚的木板，這絕不是神話，而是鐵一般的事實。

木蘭花也練過空手道的，她在空手道上的造詣也不低，但是卻不如她在柔道上的造詣，她吃虧的是近兩年來的生活太忙碌了，未能和一般專練空手道的人一樣，進行朝夕不斷的苦練。

這時，她發出了一聲叫喊，身子躍向前去，手掌向著木村谷的肩頭斜斜劈了下去，木村谷的身子，在木蘭花一掌劈下之際凝立不動，看來十分呆滯，但是，在木蘭花的手掌邊緣，才一沾到他的肩頭之際，他的身子突然向後斜了下去。

那是突如其來的一個動作，而在他的身子一斜之際，他的肩頭上似乎還有一股彈力，將木蘭花的手掌震得彈了開來！

這已不是「空手道」功夫，而是另一種武術「合氣道」功夫。「合氣道」有點類似中國武術中的內功，如果木村谷的兩門功夫兼修的話……

木蘭花的心中，陡地一寒！

但是，在如今這樣的情形之下，她也無暇去細想了，木村谷的身子向後一斜，她右手五指併在一起，猛地向前插去！

木村谷大叫一聲，一個觔斗向後翻了出去。

木蘭花的手指插在椅背上，從中裂開的椅背，又發出「啪」的一聲，齊腰斷折。木蘭花的身子也隨著這一插的力道，向前衝了出去。

當她一站定身之後，木村谷也恰好站定了身子，就在她的身邊。木村谷說讓她三式，木蘭花連發兩式都未擊著對方，這是她最後的一個機會了。

而這正是一個極好的機會，因為木村谷的身子向外翻了出去，落下地來，還未曾站穩。木蘭花心知如果自己轉身再出手，那麼對方便已站穩身子了，所以她並不轉身，只是手臂猛地向後一縮，手肘用力地向後撞了出去！

在她手肘向後撞出之際，她發出了一聲大喝！這一肘如果撞中的話，那是致命的一擊！

她幾乎已經覺得自己的手肘撞中了對方的脅下了，但是也就在那一剎間，木村谷的身子突然砰地一聲，向地上摔去！

在百忙之中，木村谷已跌倒在地，避開了木蘭花的那一撞。相讓的三式過去了，照理，木蘭花應該先停下手來的，但是木蘭花看出，木村谷之所以敢行險著，跌倒在地，避開自己的第三式，也是為了自己應該停一停的原故。

自己如果一停，他便可以趁機一躍而起。

但木蘭花如果不停手的話，木村谷就很痲煩了，他將沒有法子避過木蘭花第四式的進攻。而木蘭花是可以繼續進攻的，因為事先並沒有講好必須停手！

木蘭花的身子突然跳了起來，又迅速地落下，她的雙足已夾住了木村谷的脖子，當木村谷揚起手，要向她的雙腿擊來之際，木蘭花的身子突然向後倒去，猛地翻了一個懸空觔斗，雙足將木村谷的身子直提了起來，不等木村谷落地，她用力一掌，正擊中在木村谷的胸口之上！

然而，木村谷在這樣的情形之下，居然也還了一掌！

那一掌，並未曾擊中木蘭花，只不過在木蘭花的肩頭上擦過，但木蘭花已覺得一陣劇痛，左臂立時一陣麻木，幾乎提不起來。

她咬緊牙關，一挺身子，只見木村谷正在向後退去，顯然他胸口所中的那一掌著實不輕，木蘭花立即飛身而起，雙足踹向木村谷的面門。

木村谷雖然胸上受了重重的一掌，但是他應變仍然十分靈活，他的身子突然向前一俯，木蘭花的兩腳便踹空了！

木蘭花的雙足才一踹空，木村谷的身子突然又挺了起來，木蘭花在半空中猛地一扭身，但是木村谷的一掌，已砍向她的右腿。

木蘭花右足一勾，順勢勾住了木村谷的手腕，木村谷未能擊中她的右腿，但是那一掌之勢，卻將木蘭花摔了出去。

木蘭花幾乎撞在牆壁上！

當她勉強站定之際，她搶先進攻所佔的優勢已經不再存在了，木村谷大叫著，凶神惡煞似的，高舉著右手向木蘭花衝了過來！

木蘭花在那一剎間，真得有想穿窗而出的衝動！但是，她卻堅定的站著。她的面上現出了無比堅毅的神色來，當木村谷的手掌劈下來之際，她的身子及時地閃了開去！

木村谷的那一掌，砍在牆上。手掌和牆壁相碰，發出了「叭」地一下響，牆上立時出現了一個深痕！

木付谷自然不會因之而感到手掌疼痛的，因為他是空手道的高手，但是，他的手掌砍中了牆，令得他的身子呆滯了一下！

對木蘭花來說，那實是千載難逢的好機會！

木蘭花的身子，本來是在向外閃去的，但這時候，她突然向後倒來，看來像是她忽然之間滑跌在地上一樣，但事實上，那卻是她極其高妙的身法！

她的身子「砰」地跌倒在地，手伸處，已抓到了木村谷的足踝，木村谷立時俯身劈掌，但是木蘭花卻比他快了一步！

木蘭花的柔道造詣極高，她一沾到了對方的身子，就有辦法將對方直摔出去，何況這時，她是緊緊地抓住了木村谷的足踝！

她的手臂抖起，緊跟著翻了一個觔斗。木村谷被她抖得跌倒，也身不由己地隨著她翻了一個觔斗，木蘭花先起立一步，雙手握住了木村谷的肩頭，木村谷大叫一聲，雙手陡地向後擊來！

這一下，早已在木蘭花的意料之中，木蘭花的身子陡然向後一仰，雙足在木村谷的背部用力一蹬得直向上飛了起來，撞在窗子上，將鐵窗也撞得彎曲了，當木村谷的身子落下來時，他已血流滿面！

對一個空手道高手來說，血流滿面本來是不算一回事的，但是本村谷剛才雙掌反擊時，並未曾擊中木蘭花，而他自己的雙掌卻重重地碰撞了一下。

那兩掌，木村谷是用盡了全力擊出的，木蘭花的頭部如果被他這兩掌擊中，那定然是頭破額裂，立時死在他的掌下了。

但他擊不中木蘭花，反倒自己雙掌互碰，兩股極大的力道碰在一起，他的兩隻手掌已受了極其嚴重的損傷，小指骨也斷裂了。

空手道專家的雙手就是武器，木村谷的雙手既然受了傷，他如何能再戰鬥下去？所以他只是僵立著，狠狠地望著木蘭花。

木蘭花也屏氣舒息地望著他。

那時，木蘭花不知道木村谷已受了傷，不能再和她動手了，她還在盤算著怎樣開始新的攻勢。

但是，她還未再出聲，木村谷便開始向後退去，他一步一步地退著，退到了門口，那瘦子驚叫一聲，道：「木村先生，你怎麼了？」

木村谷發出一下又憤怒又驚恐的怪叫，雙肘撞向大門，將大門撞得裂成三塊，他呼叫著，衝出屋子，衝向了樓梯！

木蘭花和穆秀珍直到這時候，才真正地鬆了一口氣！

穆秀珍更是得意洋洋，一手叉腰，一手向那瘦子一指，道：「喂，看到了沒有？請個蘿蔔頭來，有什麼用？還不是一樣不敵而去？胡法天在什麼地方，可以叫他出來見我們了！」

那瘦子的臉上青白不定，十分尷尬，他苦笑了一下，道：「是，是，兩位請稍等一等，我去告訴他！」

他在穆秀珍身邊經過的時候，幾乎是抱著頭竄過去的，使穆秀珍想起了「抱頭鼠竄」這句成語，不禁「哈哈」地大笑了起來！

那瘦子還未曾來到暗門前。便聽得「啪」地一聲響，暗門打開之後，只見有一台極大的電視機，向外迅速地移來。

電視機一出暗門，暗門又關上了。

穆秀珍冷冷地道：「搗什麼鬼？」

木蘭花則在那道暗門的迅速開關中，看出鄰室是一個人也沒有的。胡法天可能根本不在這裡，那台自動移出來的電視機，是放在一具有輪子的架子上，那架子當然是接受無線電操縱，所以才能夠自動移出的。

木蘭花向穆秀珍使了個眼色，示意她不要多說話。

暗門一關上，電視機的一個掣鈕向左一轉，「啪」地一聲響，一盞小紅燈首先亮了，接著，螢光幕上，看到了胡法天。

胡法天坐在一張紫紅色的天鵝絨沙發上，樣子十分悠閒，同時，他的聲音也傳了出來，道：「兩位小姐，久違了啊！」

「你在什麼地方！」穆秀珍衝口問。

「當然是在你們找不到的地方，因為我如今的身分不怎麼美妙，我是一個犯人，應該服刑的，但是我如今卻十分舒適，你們也是看到了！」胡法天笑嘻嘻地說。

「胡法天，」木蘭花冷冷地說：「你在公然向法律挑戰！」

「小姐，你說對了！」胡法天轟然大笑。

穆秀珍大怒，揚起頭來，想向電視機擊去，卻被木蘭花一把拖住。

木蘭花耐著性子，道：「胡法天，你以為放出空氣，在煉油廠中安置了炸藥，警方就會真的相信了麼？」

木蘭花是故意這樣講，來觀察胡法天的反應的。

胡法天奸笑了起來，道：「警方和你如果不相信，那是你們的事情，我放置炸藥的目的，便是想引起一場爆炸，你們不信，豈不是更好麼？」

木蘭花暗中詛咒了一下，她和胡法天已經不是第一次交鋒了。她早就知道胡法天是她歷年來所遇到的歹徒中最狡猾，心思最毒，最不顧一切和最有能力的人。這時候，木蘭花完全不知道胡法天是在什麼地方，但是卻又得接受胡法天的嘲笑！

木蘭花微微地抬起頭來，她的心中很焦急，但是她卻並不急於說話，因為她不想給對方看出她心中的焦急，同時，她也在想：胡法天這時一定也可以在電視上看到自己的，那也就是說，這間房間中，裝有一支或多支電視攝像管。

這些攝像管是裝在什麼地方的呢？找到了這些攝像管，或者可利用無線電波示蹤器，找到胡法天的另一個巢穴！

木蘭花在急速地思維著，只聽得胡法天道：「小姐如果沒有話說，我們再見了！」

「你急於和我說話麼？」木蘭花冷冷地道。

胡法天有點惱怒，道：「好，那麼，再見！」

木蘭花立即道：「你還未開出條件來，就走了麼？」

「什麼條件？」胡法天狠狠地問。

「誰都知道你的目的不是想引起一場真正爆炸，真正的爆炸對你有什麼好處？

講出你放置炸藥的所在，要什麼條件，快說吧。」

「哈哈哈！」胡法天呷了一口酒，「蘭花小姐，你終於要向我低聲下氣了，是不是？你也還是找不到那炸藥的所在？」

「你大概要失望了，我根本沒去找過，只不過想先聽聽你的條件而已！」木蘭花已經發現，一扇窗戶的把手，實際上是電視攝像管。

胡法天道：「好，我歡迎你去找，三十公斤烈性炸藥，體積不算小，應該是找到的，如果找不到時，我們再談好了，反正最後四小時之前，我會和廠方聯絡的。」

「也好。」木蘭花懶洋洋地轉過身子，向外走去。

穆秀珍連忙跟在她的後面。

那個瘦子也點頭哈腰地送了出來。

木蘭花和穆秀珍兩人出了大廈，來到大街，穆秀珍才問道：「蘭花姐，我們有什麼收穫？我看我們一無所獲！」

「是的。」木蘭花的聲音異乎尋常地黯淡，「我們可以說一點收穫也沒有，而且我還險些死在木村谷的手下，事情的確十分扎手。」

「蘭花姐，你從來也不是那麼悲觀的！」

「是的，可是這次事情的嚴重性，卻不能不令我悲觀，你想，煉油廠如果真的爆炸了起來，本市的生命、財產，要受到多大的損失？」

穆秀珍不由自主地打了一個寒噤，那的確是不可估量的損失，那使得人不敢去想，一想到，心頭便會感到一股寒意！

「而胡法天的條件，一定也是極其苛刻的，我相信一定和反對黨以及大犯罪組織有關，相信警方絕沒有法子接受的！」木蘭花一一分析著。

「蘭花姐，」穆秀珍有點不明白地睜大了眼睛，「我們難道找不到那一批炸藥麼？如果找到了，不是什麼事情也沒有了？」

「你說得對，秀珍，如果我們現在就承認失敗，未免太早了一點，但是由於事情極其凶險，我們不得不預先考慮失敗的惡果。秀珍，」木蘭花四面看了一下，這時，她們已來到了街角，「我到煉油廠去，你，去做一件重要的事情。」

秀珍噘起了嘴，表示不喜歡。

「秀珍，」木蘭花嚴肅地道：「你去做的事情，比到煉油廠去重要得多，我要你去找到胡法天，將他逮捕，逼他講出炸藥的所在地來！」

穆秀珍面上不情願的神色陡地消失，而代之以極其興奮的神情，一轉身，道：

「好，我去，我一定要將他抓回來！」

「傻女！」木蘭花一把將她拉住，「你怎麼去捉他？」

穆秀珍瞠目不知所對。

「胡法天在哪裡？」木蘭花又問。

穆秀珍搖搖頭。

木蘭花笑了起來，道：「我已有一個初步的計畫，根據這個計畫，或者可以找到胡法天，但是你行事卻要極度小心！」

穩秀珍點點頭道：「我知道。」

木蘭花再度叮囑，道：「秀珍，如果你找不到胡法天，反被胡法天捉了去的話，那麼，本來已經困難萬分的事就更困難了！」

「我知道，」穆秀珍再度點頭，「蘭花姐，你的計畫怎樣？」

木蘭花吸了一口氣，一面緩緩地向前走著。

她們兩個人在街邊走著，談著，路人中也有人對她們投以眼光，但那大多數是因為她們兩人的明媚照人，而絕沒有一個人知道，木蘭花此際在告訴穆秀珍的，是關係著本市無數生命財產的大計畫！

4 鬼門關

半小時後，木蘭花驅車到了煉油廠門口。

她是一個人來的。當她下車之際，只聽得「蘭花小姐」的叫聲，不絕於耳，大批等候了多時的記者，一齊向她圍了過來。一分鐘之內，向她提出的問題。足足有好幾十個之多。

木蘭花揚了揚手，道：「各位，我勸你們離開這裡，並且在各位工作的報紙上，對這件事保持沉默，那樣的話，對公眾會有益得多！」

她講完之後，已來到了鐵門之前，在鐵門前守衛的警員向她行了一個禮，拉開了鐵門，道：「高主任在辦公室中指揮一切。」

木蘭花點了點頭，道：「你們切不可多嘴。」

「是！」那兩個警員立正答應。

木蘭花才一進廠長辦公室，便知道搜尋工作仍然沒有結果。

高翔和方局長兩人守在調度機之旁。

這具大型調度機本來是廠長指揮工作用的，有通往各部門的直通電話，也有各部門主要工作崗位的電視傳真設備，一共有七十三具電視機。

這時，每一具電視螢光幕上，都出現著忙碌的人。

這些人並不是在提煉石油，而是在尋找炸藥。

高翔正在大聲地向著直達電話叫著，方局長在頻頻抹汗，木蘭花推門進來，幾乎沒有人注意她，她站了片刻，才叫道：「高翔！」

高翔突然回過頭來，驚喜地叫道：「蘭花，你可來了！可有頭緒——」

高翔並沒有再問下去，因為他已在木蘭花的臉上看到了答案。

木蘭花來到了數十幅電視螢光幕之前，呆立了片刻，才道：「不消說，你們這裡，也是一點頭緒也沒有了，是不是？」

高翔苦笑了一下，攤了攤手。

木蘭花向幾幅電視螢光幕指了一指，那裡的人，正在拆卸一組輸油管，或是在開啟小型油庫，木蘭花道：「不必要這樣尋找，我相信胡法天不會命人將炸藥放在這樣難以開啟的地方的，那放置炸藥的地方，一定是極其巧妙，人人都不注意的所在，說不定每個人都在它的面前經過，但是卻不會有人懷疑它是炸藥的，尋找的方式需要改變一下。」

高翔回頭向兩個高級警官望了一眼，那兩個高級警官立時拿起直通電話，照木蘭花的話吩咐了下去。

木蘭花又道：「從胡法天越獄的時間來看，他只是佈置放炸藥，而不是親手放置的，調查全廠職工的檔案，找出誰是胡法天的手下，找出誰是放炸藥的人，這也是一個辦法。」

一個警官叫道：「可是，日夜班工人有好幾千人！」

「我知道，」木蘭花轉向高翔，「快調全市警局檔案科的工作人員，來集中進行這項工作，高翔，我和你到處走走。」

方局長已拿起電話，通知全市警方的檔案科工作人員緊急集合，待命，又請煉油廠的人事處長，立即來和警方合作。

方局長知道這樣做，獲得線索的可能性是相當少的。但是，這卻是沒有辦法中的辦法！

木蘭花則和高翔一齊走出了辦公室，煉油廠的規模是如此之大，他們雖然是聰明幹練的人，但在這樣的情形下，也不禁一籌莫展！

他們站在辦公大樓的前面，辦公大樓前面是一塊草坪，草坪的中心，是一個水池，那水池是圓形，直徑約有十碼，當中是一個噴泉，噴出來的幾股泉水，注入池中，令得池水泛起了一層層漣漪，十分美麗，但是兩人卻根本沒有心情去欣賞。

他們呆立了片刻，默然不作一語，向前漫無目的地走著，雖然他們敏銳的目光，幾乎不放過任何可疑的地方，但是他們的心中，卻有著一個共同的疑問，那就是：真的找得到麼？如果找不到，那又怎麼辦呢？

木蘭花更多一重心事，因為她還惦記著穆秀珍。

這次，可以說是穆秀珍有生以來，第一次單獨負起如此的重任，她會成功麼？她會記得自己的囑咐，小心從事麼？

木蘭花想到這一切心煩意亂的事，不禁嘆了一口氣！

木蘭花告訴穆秀珍的計畫是：去向警方借一輛配備有無線電波追蹤儀器的車子。這種車子，警方是用來追緝私自設立的無線電台的。然後，再邀請一個警官，代表警方去見胡法天，當然，這位警官只能在電視中和胡法天「見面」。

這位警官將盡量地拖延和胡法天「見面」的時間，以便穆秀珍根據追蹤儀上的方向，去追尋胡法天的所在，找到他，將他制住。

本來，木蘭花是想自己去做這件事的，但是她知道，煉油廠方面，方局長和高翔更需要人幫助，他們兩人需要的幫助，倒並不是多一個人來尋找，而是要得到心理上的支持，所以，她才將那樣重要的任務千叮萬囑地交給了穆秀珍。

穆秀珍也的確抑遏著心頭的興奮，十分小心地照著木蘭花的吩咐做著。一切都十分順利——一直到那警官上了樓不久，無線電波追蹤開始有了反應為止，兩股顫動的曲線交叉點的刻度是西南，十二哩。

穆秀珍扭轉方向盤，向西南衝去。

西南方向十碼之外，就是一家生果鋪，當穆秀珍知道自己不能直衝西南，必須根據街道的轉彎抹角而前往，立即剎住車子之際，車頭已衝進了生果鋪中。好幾十個哈密瓜，大批梨、蘋果、橙，都成了「混合果汁」，穆秀珍連忙取出了四張最大面額的鈔票，交給生果鋪主人，將車退了出來。

她第一個麻煩，並沒有耽擱她多久，只不過兩分鐘。

但是第二個麻煩，卻不止兩分鐘了。

當她不斷地向西南駛著，儀表上的無線電交叉點漸漸移動，來到七哩這個標誌上的時候，穆秀珍將車子駛得十分快。

這時，已經在郊區了，她自己覺得不能過分小心得連開快車也不可以。但因為她車子駛得太快了，卻撞到了一頭橫過公路的水牛。

穆秀珍的汽車在撞倒了水牛之後，陡地向旁側去，幾乎沒有就此跌進山壑之中！幸而她刹車及時，才倖免於難。

而當她想鬆了一口氣之際，幾個鄉下人卻將她圍住了。

穆秀珍身邊還有錢，但是鄉下人卻講公道，不多要她的，硬要她一起到鄉公所去，由鄉公所評議她該賠多少錢才合理。

這一下，足足耽擱了半個小時！

而第三個麻煩，可以說是第一個麻煩和第二個麻煩的延續，當她繼續向前駛，到了儀表指示離胡法天的住所只有半哩的時候，儀表上的指示突然消失了。

那兩道顯示在儀表上的無線電波也不見了！

那也就是說，胡法天和那位警官的「見面」，已經結束了。

那警官一定只當時間已然足夠，他卻不知道穆秀珍不但撞進了水果鋪，而且還撞倒一頭大水牛！

穆秀珍停下車來，等了五分鐘。

她希望在那五分鐘之內會有指示繼續出現，但是她卻失望了。

不過她並不沮喪，因為在指示消失之前，她記得很清楚，方向仍是循著這條公路前去，而距離只是半哩，她可以先駕車駛出四分之一哩，然後，再步行前去，仔細查訪。

當她將車子停在一個稀落的小林子之中，開始步行之際，她的心中還是充滿了信心的。

可是，又過了半小時，她不禁茫然了。

這一條公路十分荒涼，是早已被廢棄不用了的，所以才會有水牛橫過公路的事發生。而穆秀珍這時所來到的地方，似乎是公路的盡頭了。

向前望去，深秋的田野是一片單調的黃色，一幢房子也見不到，日力可及之處，只有幾間茅屋。胡法天會在這種地方？

然而根據無線電波示蹤儀，胡法天的確應該在這裡的。當然，示蹤儀最後，消失了作用，但是自己依著方向前來，總也不會太離譜罷！

穆秀珍又向前走了四分之一哩，她可以看到那幾間茅屋，破敗不堪，根本沒有人居住，而她幾乎可以斷定，附近一哩之內，是不會有人的。

穆秀珍搔了搔頭，木蘭花不在，一切都要她自己來決定，制住胡法天，這件事極其重要，是阻止巨禍發生的捷徑。難道白跑一次，就此回去麼？

當然不能！附近既然有這幾間茅屋，那就到這幾間茅屋中去看看，或許可以有一點線索也說不定。

她腳高腳低地向前走去。

當她來到離那幾間茅屋只有十呎左右的時候、突然，「呀」地一聲響，一扇已將因腐爛而倒下的木門，被人推了開來。

一個身形傴僂的鄉下老者自門中走了出來，以充滿好奇的目光打量著穆秀珍。那老頭子突如其來的出現，倒將穆秀珍嚇了一跳。

但是她隨即大是高興，因為這裡有人，那打聽起事情來，就方便得多了，她連忙走前去，道：「老伯，你一個人在這裡啊！」

那老者點頭道：「是啊，小姐，你從城裡來？可是想買幾隻草蜢回去？」

「草蜢？」穆秀珍莫名其妙。

「是啊，我陳老頭捉草蜢是有名的，小姐養的是什麼雀？我有各種草蜢，不論什麼雀鳥，都喜歡吃的。」陳老頭嘮嘮叨叨地說著。

穆秀珍從門口望進去，的確，茅屋中滿是大大小小的籠子，籠子中跳來跳去，全是草蜢。

穆秀珍本來是不養鳥的，但這時，為了想在陳老頭的口中，問出一些話來，所以她便道：「我養的雀鳥很多，每一種草蜢你都給我捉上五十隻，我帶回去。」

陳老頭十分高興，道：「好！好！」

穆秀珍跟著他走進屋子。

這時候，她犯了第四項疏忽。

茅屋中的傢俬，是談不上的，極之簡陋破敗。但是在一張看來隨時可以跌倒的桌子之上，卻放著一只刻花玻璃的白蘭地杯。那是相當名貴，和這裡的一切極不相稱的東西。

而且，陳老頭一進來，便用一頂破草帽將這只杯子罩上，穆秀珍也看到了這一個動作，但是她卻一點也未曾起疑。

她是一個直性子的人，首先，她對陳老頭根本一絲疑心也沒有，所以她的心中便也對陳老頭的任何動作都不加懷疑了。

陳老頭在籠子中捉著草蜢，穆秀珍問道：「老伯，這附近，除了你以外，還有什麼人住，你可以講給我聽聽麼？」

「沒有人了，只有我一個人，這裡本來是個小村莊，新公路通了之後，這裡沒有人來，人也都走了，只有我一個人了！」

穆秀珍大失所望，又問道：「一個人也沒有？嗯。有沒有一個叫胡法天的人？」

她問出了這句話之後，立即便感到問也是多餘的。在這樣荒僻的地方，怎麼會有胡法天？自己在電視中曾見過胡法天，他是坐在一張天鵝絨的沙發之上，在喝著白蘭地——穆秀珍——想到這裡，心中猛地一動！

白蘭地，白蘭地……這裡似乎有什麼東西，是可以和白蘭地連帶得上的，那是什麼？那是什麼？穆秀珍四面看看，她看到了桌上的那頂破草帽。

她也立即想起了草帽下的那只白蘭地杯。

她連忙踏前一步，想去取起那頂草帽來，但是卻已經遲了一步！

她的背後突然響了胡法天充滿揶揄的聲音：「秀珍小姐，你什麼時候對養雀鳥有興趣的？」

穆秀珍陡地轉過身來，胡法天站在門口，體態看來很悠閒，但手中卻握著一柄鑲銀的手槍，槍口正對準著她的胸口。

同時，她的後頸上，也有一根涼颼颼的金屬管頂了上來，穆秀珍氣得幾乎要哭了出來，她是那樣地疏忽，以致壞了大事！

「秀珍小姐，你的行動正合上了一句話，叫做天堂有路你不去，地獄無門闖進來。這裡是我的總部，既然被你發現了，我就非殺了你不可！」

「哼，你以為我是一個人來的麼？」穆秀珍情急生智。

「小姐，如果你有伴侶一齊來的話，那也一定被燒死在那輛車子裡了。」胡法天扣在槍機上的手指，陡地緊了一緊。

「可是這裡已不是秘密了。」穆秀珍急得胡亂扯了一句。

「為什麼?誰會想到我的總部在這樣荒僻的地方?」

「現在整個警局都知道了，因為我的車子停在什麼地方，警局是知道的，我的車子和警局隨時保持著聯絡!」穆秀珍越說越像是真的。

胡法天的臉色變了，他的臉上現出了十分凶狠的神色來，但是他扣在槍機上的手指，卻再也扣不下去了，因為如果警方大肆搜索此處的話，他殺了穆秀珍並沒有好處!

只不過半分鐘，他的臉上又泛起了奸詐的笑容，道:「既然如此，那麼我對你就要另眼相看了，秀珍小姐，你成了我手中的王牌了!」

穆秀珍氣得想要跳過去打他兩個耳光，但是一前一後兩支槍，卻使得她不敢妄動，胡法天冷冷地道:「走出屋子來!」

穆秀珍走出了屋子，在陳老頭和胡法天的監押下，來到了一座井旁，胡法天揚了揚手槍，道:「下去!」

穆秀珍昂然而立，閉著眼睛，道:「你開槍好了，我寧可死在槍上，你想要我跳進井自殺，那是萬萬辦不到的事情!」

胡法天轟然大笑了起來。

穆秀珍怒憤莫名地睜開了眼睛，盯著胡法天!

胡法天繼續笑著，他揚著槍，道：「你看，井中有水麼？你放心走下去，你將發現意想不到的世外桃源哩，請啊！」

穆秀珍向井中看去，只見井中有一道鋼梯向上升著，幾乎來到井口，穆秀珍自然沒有法子不服從胡法天的命令。但事實上，穆秀珍其實如果有反抗的機會，她也一定會放棄的，因為她心中極其好奇，想要看看胡法天口中的「世外桃源」究竟是什麼玩意兒。

她爬下了幾級，胡法天也跟了下來。

雖然井中的光線十分黑暗，但是穆秀珍仍然可以看得到，胡法天手中的槍口正對準著自己。而當胡法天也下來之後，鋼梯便自動下降。

鋼梯降了二十呎左右，頭頂上突然傳來「刷」的一聲響，同時，眼前一亮。穆秀珍連忙定睛看去，只見鋼梯已縮到了一間地下室中，那地下室的四壁全是水泥的，左邊有一道門。

抬頭望去，下來的路途，已被一塊鋼板封了起來，而且，在鋼板上面傳來淙淙的水聲。穆秀珍望著上面，臉上不禁現出疑惑的神色來。

胡法天又笑了起來，道：「穆小姐，你明白了麼？」

一時之間，穆秀珍實不明白那淙淙的水聲是什麼意思，所以她爽直地搖了搖頭。

胡法天道：「我是在放水，三分鐘之內，水就可以放高十五呎。」

「放水？」

「是的，放水之後，那口井便成為真正的井了，井中有水，誰還會懷疑在水的下面另有乾坤？穆小姐，你將永遠失蹤了！」

穆秀珍聽了，不禁呆住了講不出話來。

照胡法天這樣說法，木蘭花的確是找不到自己的了，因為她即使來到此處，也難以知道在井水底下，會有著地下室。

她的臉色變了一下，道：「你是一頭狡猾的狐狸！」

可是胡法天卻毫不在乎，反而笑了起來，道：「多謝你的稱讚，小姐，請你從這道門走進去！」胡法天向那道門指了一指。

「那道門關著，我怎麼進去？」

「你到了門前，門就自然會打開了，這裡的一切，全是超時代的，別忘了我是本世紀最偉大的科學家！」胡法天恬不知恥地誇耀著他自己。

穆秀珍在這時候，心中正是難過到了極點。她未能完成木蘭花的任務，反倒落入了胡法天的手中，胡法天利用她，更可以和警方和木蘭花開條件了！

穆秀珍緊緊地咬著下唇，恨自己何以如此不爭氣。

她由於心中極其懊喪，所以連想罵胡法天一頓的勁道都提不起來了。在胡法天的手槍的指嚇下，她當然不能反抗，是以她只能向那道門走去。

果然，她才到了門前，那道門就打開了，穆秀珍向前看去，只見前面十分黑暗，像是一條十分長的甬道。

穆秀珍吃了一驚，回頭向胡法天望了一眼。

胡法天就站在她身後五六呎處，但是他卻顯然沒有意思也走進那甬道去，當穆秀珍轉頭向後望去之際，他揚了揚手中的槍，道：「進去！」

「那裡面是什麼地方？」

「總不會是鬼門關——但如果你不服從我命令的話，那麼我立即送你到鬼門關去，告訴你，」胡法天的臉上，現出了十分凶狠殘忍的神情來，「我有十種以上的方法，可以將你可愛的屍體消滅得無影無蹤，你可願意那樣麼？」

胡法天那種凶惡的神情，和那種恐怖的話，令得穆秀珍機伶伶地打了一個寒戰，但是她卻不甘示弱，道：「等蘭花到了之後，你就可以在這十種方法之中揀上一樣來自己享用了。」

「木蘭花如果來了，那我至少得動用兩種方法。」胡法天冷冷地說，「現在，你是不是進去，我只問一次。」

穆秀珍一挺胸道：「進去就進去，我怕麼？」

她大踏步地向內走了進去，她才跨出一步，身後那扇門，便砰地一聲自動關上，穆秀珍的眼前立時成了一片漆黑。

穆秀珍連忙後退了一步，背靠著門而立。因為她怕在黑暗之中會有什麼東西向她襲擊。

但是當她站定之後，她便發現，眼前不但是一片漆黑，而且靜得一點聲音也沒有。

穆秀珍過了兩分鐘左右，才提起腳來，轉了轉鞋跟。

她從鞋跟之中，取出一支小手電筒來。那手電筒並不是用普通乾電池，而是使用小型水銀電池，電力相當強，在黑暗的環境中，足可以利用它來看七呎以外的東西。

穆秀珍將小手電筒取在手中，又停了一下，才按亮了電筒，光線向前射去，穆秀珍看出，那甬道只不過十來呎長短，前面又是一扇門。

穆秀珍向前走去，到了那扇門前，那扇門又自動地打了開來，當那扇門緩緩地打開之際，只聽得房內傳來一陣嘻嘻哈哈的聲音。

那一陣笑聲，令得穆秀珍突然止步。但是，當門打開之後，她用水銀電筒向內照去，房內卻是空無一人，穆秀珍呆了呆，心想：胡法天是在弄些什麼玄虛呢？

穆秀珍剛才這樣想著，突然之間，房中又傳出了一下極其淒厲的叫聲來，那種叫聲突如其來，而且又尖銳，淒厲得震人心魄，令得穆秀珍在剎那之間向上直跳起來，而那種叫聲，卻不斷地在持續著，像是有人在被人用火生生烤烙時所發出的慘叫聲一樣。

不到兩分鐘，穆秀珍便覺得頭都漲了起來。

她大聲地叫道：「胡法天，你在鬧什麼鬼？」

然而她的叫聲，比起那種尖叫聲來卻是相去太遠了，穆秀珍心想，這種叫聲，一定是胡法天要使自己心神不安，所以才放出來的。

她一想到這一點，便不再呼叫，勉力想鎮定心神，可是那種淒厲悲慘的號叫聲，卻像是千百柄利銼一樣在銼著她的神經。

這房間雖然在地下，但空氣的供應本來是充分的。

然而，在十分鐘之後，穆秀珍便因為神經上的過度緊張，而變得感到了窒息。

她陡地退出了那間房間，在甬道上奔著。

但是，在甬道中，也是充滿了那種尖叫聲。

她奔到門口，又奔到了房間，在房間中待不住，又奔了出來。

如是奔了七八次，突然，她跌倒在地上，那聲音實在太淒厲了，她緊緊地掩著耳朵，聲音也是一樣地向她襲來。穆秀珍想到有一種叫做「嘯聲彈」的殺人武器，便是在爆炸之後，發出尖銳之極的嘯聲，令得人神經失常的！

如今，胡法天便是在令她神經失常！

5 秘密巢穴

穆秀珍雖然想到了這一點，但是她卻沒有法子預防！因為聲音根本是無形無質的，她可以聽得到，但是卻捉摸不到，無法去阻擋它。穆秀珍捧著頭，在地上滾著，她覺得自己的身子像是在不斷膨脹一樣。

突然，四周圍的一切都轉動了起來。

在穆秀珍跌倒在地上的時候，小手電筒也跌到了地上，小手電筒還閃著光，這時，那一股光芒卻像是一條響尾蛇聽到了笛音也似地舞動起來。甬道上面的天花板，則可怕地扭曲著。

同樣的情形，穆秀珍在「紅衫俱樂部」的「雷庫號」船上也經歷過。

但是在「雷庫號」上卻只是旋動，事實上，這時候，那條甬道、房間以及其他的一切，都仍然是靜止不動的，穆秀珍之所以覺得天旋地轉，全是因為那種可怕的聲音不斷地刺激著她的神經，令得她產生錯覺的原故，不一會，穆秀珍自己也不由自主地叫了起來。

她叫了足足有五分鐘，連嗓子也啞了。

這時候，那種慘叫聲似乎反而加強了，穆秀珍更是痛苦得全身起了痙攣，然而她的心中卻還相當清楚，她不斷地在心中告訴自己：捱過去，捱過這一刻去，就會好一些了。

穆秀珍雖然脾氣急躁，但這時候，她卻發揮出了她性格中堅韌的一面，她緊緊抱住了頭，在地上滾來滾去，告訴自己，那聲音就要停止！

但，那利鋸也似的聲音，卻一直未停。

到後來，穆秀珍只覺眼前突然出現了許多奇幻無比的顏色，那些顏色，如是披著彩色繽紛的魔鬼一樣，在不斷地跳躍著……

時間一點一點地過去，在煉油廠中參加搜索的人，也是有增無減，但是搜索的結果，卻仍然是令人垂頭喪氣的，木蘭花和高翔兩人仍然在漫無目的地蕩著。

突然，木蘭花站定了身子，道：「高翔，我們在這裡茫無頭緒地進行著，但是我們卻忘記了去調查一件十分重要的事。」

「什麼事？」高翔立即問。

「公路局！」木蘭花一面說，一面已向煉油廠的大門的方向走去，「這三十公斤烈性炸藥，是從公路局的臨時倉庫中偷出來的，我們為什麼不去公路局調查？」

高翔幾乎直跳了起來，道：「是啊，偷炸藥只不過是一件普通的竊案，我們去調查一下，便一定可以得到線索的。」

兩人不由自主地都加快了腳步。

高翔一面走，一面道：「找到了偷炸藥的人，事情便簡單得多了，因為那時胡法天還在獄中，偷炸藥的人，一定便是放炸藥的人。」

木蘭花點了點頭，表示同意高翔的見解。

兩人一齊來到大鐵門旁，正當他們要推門而出之際，傳達室中的工人忽然道：「穆小姐，你的電話，是由廠長辦公室轉來的。」

「噢，請你告訴他，我有急事，不聽了。」

「你一定要聽，方局長說是有急事。」

木蘭花走進了傳達室，拿起電話，方局長的聲音便傳入了她的耳中，方局長道：「蘭花，剛才胡法天打了一個電話來。」

「他怎麼說？」木蘭花也不免有點緊張。

「他說，他說……秀珍……秀珍……」

「秀珍怎麼了啊？」

「秀珍已經成為他的『客人』了！他只講了那麼一句，便掛上了電話。」

「方局長，」木蘭花急忙道：「秀珍是藉著警方的一輛無線電波跟蹤車去行事的，這輛警車，和總局應該是有聯絡的吧？」

「是的。」

「那麼，快向總局調查這輛車的所在。」

「好，你先別走，等我電話！」

木蘭花放下電話，呆立了半晌。

秀珍失手！這是木蘭花事先所未曾預料到的事情，胡法天是十分厲害而狡猾的一個人，這一點是木蘭花素知的，但是木蘭花料想胡法天倉猝越獄，一定不會有多大的準備，穆秀珍出其不意地掩到，那是可以取勝的，但如今事實證明，木蘭花錯了。

木蘭花等十五分鐘，傳達室的電話才又響了起來，木蘭花取起電話，傳來的仍是方局長的聲音：「查明白了，那輛車子，到現在還停在郊外一處叫著『牛欄灣』的地方，根據地圖，這裡是一個枯林，車子停在那裡已有許久了，蘭花，你準備怎麼辦？」

「我立即就去。」

「你可要幫手麼？」

「請你立即調派十名幹練的警員到那地方，並且吩咐他們在和我見面之後，接受我的指揮，高翔則到公路局去調查失去的炸藥的經過，方局長，搜索繼續進行好了。」

「蘭花，依我看，這樣盲目的搜尋不是辦法，我們——」

「不行，」不等方局長講完，木蘭花便已瞭解了方局長的意思，「我們要就不相信胡法天的話，要就相信他的話的全部，胡法天無可否認的是一個傑出的科學家，他一定裝有反探測的儀器，若是我們冒險行事，用無線電探測而引起爆炸的話，那就後悔莫及了。」

「唉，」方局長嘆了一口氣，「我們只好繼續盲目尋找了。」

木蘭花放下了電話，高翔擔心地望著她，道：「蘭花，你一個人到那地方，不是太……冒險了一些麼？不如我和你——」

但是木蘭花卻根本未回答高翔的話，她像是在對誰生氣似地向前走著。事實上，木蘭花是在生自己的氣，她惱恨自己為什麼會派穆秀珍前去。

推開鐵門，木蘭花向外走著，到了她那輛摩托車的旁邊，才抬起頭來，道：「我一個人去就行了，你快到公路局去吧。」

她一面說，一面發動車子，猛地一推車子，車子向前飛馳而出，她人也隨之而起，一陣「撲撲」地聲響過處，她已絕塵而去了！

高翔望著她的背影，嘆了一口氣。他心中真想尾隨前往，但是他卻也深知木蘭花的脾氣，自己若是去的話，就算事情有成績，她也不會感到高興的。

然而，秀珍失手了，木蘭花又一人前去冒險，高翔實在有點不放心。他轉身進傳達室，決定再和方局長商量一下，立即加派四十名警員前去協助。

木蘭花的摩托車以極高的速度向前飛馳著。

這是木蘭花從來也未曾在市區中行駛過的高速，老實說，以這樣的高速在市區行駛是十分危險的，即使她的駕駛技術是如此之精湛，自己心中也承認在那樣的高速之下，是隨時可以出事的。

她穿過了幾次紅燈，最多的時候，有四個騎著摩托車的交通警察跟在她的後面，但是都因為速度不如木蘭花，而未曾將她追上。

出了市區之後，速度更快了，以致不消十五分鐘，木蘭花便趕到了那座林子，她也看到了停在林中的那輛警方的車子。

這地方十分荒涼，在那樣的林子中停著一輛車子，顯得十分礙眼，而更礙眼的則是，在車門旁，竟然站著一個人！

木蘭花隔老遠就看到了車旁站著一個人，她駕車直衝到附近前，才停下來，那人立即向她彎腰，鞠躬，道：「歡迎，歡迎。」

木蘭花陡地一呆：那是胡法天。

胡法天穿著整齊，而且看來神情瀟灑，只不過不論他怎樣掩飾，他的眼中總是透著一種十分邪惡的光芒，使人覺得他心術不正。

「歡迎！」他再一次說：「我總算有點小聰明，知道木蘭小姐一定會來的。是以先在此恭候，木蘭花小姐，你的駕駛技術不錯啊！」

木蘭花冷冷地望著他。在胡法天講話的時候，她早已打量了一下四面的情形，在車子的那一邊，分明是有人躲著，她可以說是一來便闖進對她不利的一個環境之中。

但是木蘭花卻保持著鎮定，冷冷地道：「秀珍呢？」

「秀珍小姐麼？她很好，但是我卻不敢說她也在想念你。」胡法天將雙手交叉在胸前，「因為她多少遭到了一點意外。」

木蘭花陡地踏前了兩步。

但是胡法天的身形十分靈活，他陡地一縱身，便已到汽車頂上。

木蘭花沉聲道：「你將她怎麼樣了，說！」

胡法天笑嘻嘻地道：「常言道百聞不如一見，小姐，你與其向我問之不已，不如跟我前去看上一看，不知小姐是否接受我的邀請？」

木蘭花呆了一呆，胡法天居然如此之大膽，那實是她事先所未曾想到的，而秀珍是在什麼地方呢？

何以秀珍利用無線電追蹤，竟會來到這樣荒涼的地方呢？

難道是秀珍一開始追蹤便被胡法天發現，所以被要脅著來到這麼荒涼的郊外的？

木蘭花這種想法，當然是有理由的，因為在目力所及之處，除了一間小茅屋之外，可以說什麼也沒有；而且，一片羊腸小徑，也沒有什麼山洞可以作為胡法天的巢穴。

木蘭花揚了揚頭，道：「在什麼地方？」

「秘密巢穴！」胡法天笑道：「這不正是你想去的麼？」

「你想我不敢去，是不是？」

「當然敢的，但是你卻想等到接應來了之後再去。」

「你說什麼？」

「我剛接到報告，有一輛警車，載著四十多名警員向這裡駛來，但是已被解決了。」胡法天一面說，一面向他的左耳指了一指。

他的左耳上有一個耳機塞，這是木蘭花早已注意到的事情。但是那耳機竟是連接一個極小型的無線電台的，這卻是木蘭花未曾想到的！

木蘭花的確是想等警員來到之後，扭轉眼前的劣勢的，但是顯然是不成了，她陡地身形一縱，跳上了車頂，揚手向胡法天劈去！

這一下突如其來的變化，由於木蘭花的動作實在太矯捷的原故，當真稱得上迅雷不及掩耳，胡法天倉皇揚臂來擋，正被木蘭花一掌砍中。

只聽得「格」地一聲響，胡法天怪叫了一聲，向下倒去，如果是在平地之上，那麼木蘭花踏前一步，是一定可以將對方的胸門踏住的。

然而可惜的是，這時是在車頂上。

胡法天的身子才向下倒去，就地一滾，木蘭花跟著跳下去時，早先伏在車後的兩個大漢，已一齊竄了出來，其中一個，飛腿橫掃，另一個飛身撲上。

木蘭花的身子一掠下，便突然一滾，滾進了車子的底下，她的動作是如此之快疾，以致那兩個大漢的拳腳完全打在自己人的身上。

那一拳一腳的力道十分大，兩個大漢立時倒地不起！

而木蘭花則已從車子的另一邊鑽了出來，一閃身，進了車子，胡法天右手托著右臂，面上變色，向後狼狽退了出去。

木蘭花踏下了油門，車子猛地跳了起來，以極高的速度向胡法天追了過去，胡法天沒命也似地跑著，回頭發著槍，有一槍射中了擋風玻璃，木蘭花低下了身，車子仍然向前撞去，第二槍射中了車頭，第二槍和第四槍射中了車胎，木蘭花陡地滾了出來。

汽車已著了火，但是仍然帶著火，向前衝著，所過之處，枯草全都燒了起來，那輛車子，簡直就像是一條噴火怪龍一樣！

胡法天陡地仆倒在地，向外滾了開去，才堪堪避過了那輛車子的猛撞，而那輛車子在撞出了十來碼之後，也轟然一聲巨響，撞在樹上撞毀了。

木蘭花才一跳出了車子，便向前竄去，胡法天向她連射了三槍，都被木蘭花跳躍著，打著滾，避了開去，胡法天再扳下槍機，但槍彈已射完了。

他慌忙站起來，可是他剛一站起，木蘭花已像一頭豹一樣地撲到了他的近前，一拳正打中在他的下顎，再一掌，擊得胡法天跌倒，滾出了兩三步去。

木蘭花還待再趕過去時，只聽到前面有人叫道：

「站住，別動！」

木蘭花向前一看，只見兩個人持著來福槍，正在二十呎之外對準著她。任何人在這樣的情形下，都一定站立不動了。

當木蘭花在剛抬頭向前一看間，她也幾乎不敢動了，但是在剎那之間，木蘭花卻想到，如果這時候，她再不向前撲出制服胡法天的話，可能再沒有機會了！而她只消向前撲出兩三呎，就可以和胡法天糾纏在一起，那麼兩個槍手也就無能為力了。

所以木蘭花幾乎是沒有停頓，身形一矮，便向前撲了出去！

「砰！」「砰！」來福槍的子彈呼嘯著在她的頭頂掠了過去，她也撲到了胡法天的身前去了，胡法天蹬起雙腳，向她踢來，木蘭花身子一閃，閃了開去，和身向胡法天壓了下去，手臂一勾，已勾住了胡法天的頭頸，胡法天發出了一陣格格聲。

然而也就在這時候，木蘭花的後腦突然受了沉重的一擊，木蘭花只覺得眼前一陣發黑，等她想轉過頭來時，第二下重擊，令得她昏了過去。

當木蘭花醒過來時，她只覺得喉乾舌燥，仍是大旋轉一樣。她勉力鎮定心神，將昏過去之前的事情想了一遍。

她的神智漸漸清醒了，她後腦上的疼痛也更加劇烈。

她仍然閉著眼睛，一動也不動地躺著，因為她要先弄清楚自己是在什麼地方，周圍有些什麼人，在她完全處於劣勢的情形下，先弄清這兩點，是十分重要的。

她仔細傾聽了大約半分鐘左右，發覺四周圍十分靜，像是一個人也沒有，而她的手指也作了極其緩慢的移動，摸出了自己是睡在一張板床上。

木蘭花開始慢慢地睜開眼來。

正當她要完全睜開眼來的時候，她突然聽到了「格」地一聲響，木蘭花立即機警地閉上了眼睛，仍然一動也不動，但卻全神貫注，集中了精神。

那「格」的一聲，十分輕微，木蘭花根本不能辨別那是什麼聲音，但是，接下來的腳步聲和交談聲，卻使得她知道，那是一扇門被推開的聲音。

從腳步聲來判斷，進來的是兩個人。

一個是胡法天，他問道：「唉，怎麼她還不醒來？」

另一個聲音十分沉著，道：「經過了注射，她早應該醒來的了——」

那人講到這裡，木蘭花便覺得有人在掀她的眼皮。

一個人在被人家掀眼皮的時候，要保持不動，那是相當困難的，但是木蘭花卻做到了這一點，她不但身子不動，而且在眼皮被掀了開來之後，她的眼珠也一動不動。

然而，當她的眼皮被掀開來的那一剎間，她卻也看清了那周圍的情形，她是在一間相當寬大，但是卻空洞得可怕的房間中。

木蘭花立即估計那是一間地下室。因為那間房間並沒有窗戶，但是卻有著幾根通氣管，這時，站在她床前的是一個中年人，一望而知，那是一個醫生。

而胡法天則站在那醫生的後面七八呎處，他的左臂吊在繫在頸際的一塊白巾之上。他的神情看來極其陰毒憤恨。

那醫生並沒有掀起木蘭花的眼皮多久，便放了下來。

「怎麼樣？」胡法天立即問。

「沒有醒。」

「怎麼可能？」

「一個人的腦部是最神秘的組織，它可能只受到輕輕的一擊，便使這個人永遠昏迷不醒，這樣的例子，實在太多了。」

胡法天顯然是怔了一怔，然後才道：「那麼你說她是永遠不會醒過來的了？」

「可能。」

「哈哈，」胡法天笑了起來，「兩位女黑俠，一個成了睡美人，一個成了瘋子，這倒是有趣的事情，誰還敢和我作對呢？」

「當然，」那醫生竟無恥的奉承著胡法大，「我看，在你將這個消息公佈出去之後，光是各個組織的獎金就相當可觀哩。」

「我在乎錢麼？」胡法天厲聲反問。

「當然不！當然不！」那醫生連忙「更正」，「世界上各大組織，只怕都會擁戴你，使你成為他們的總領袖了。」

這幾句「馬屁」，才算是開了胡法天的胃口，胡法天一面冷笑著，一面向木蘭花走來——木蘭花是憑腳步聲聽到這一點的。

這時候，木蘭花心中實是十分吃驚。

令她吃驚的，至少有兩件事。第一件，胡法天說「兩個女黑俠，一個成了睡美人。一個成了瘋子」，胡法天以為她昏迷不醒，那麼穆秀珍呢？她已成了瘋子？那是什麼意思？

第二件，便是那醫生口中所說的，一些犯罪組織原來對她們恨之入骨，凡是對付她們的人，都有巨額的獎金可拿！

這是木蘭花從來也不知道的事。

這證明她們生活在極度的危險之中！

但是如今的情形之下，木蘭花卻沒有餘暇多想第二個問題，因為胡法天已來到她的身邊了。胡法天像是在打量著木蘭花。

過了半晌，才聽得胡法天道：「她像是真的未醒！」

木蘭花又感到了有人在掀她的眼皮，那自然是胡法天了！

木蘭花的心頭不禁怦怦跳了起來，因為她和胡法天離得如此之近，要制服胡法天，可以說是輕而易舉的一件事！她決定在胡法天一將自己的眼皮掀開來時動手！

她聽得胡法天的腳步聲，又向前移動了兩呎，接著，便有一個人來掀她的眼皮，木蘭花停住了眼珠，一動也不動。

當她的眼皮被掀開來之際，她已經陡地準備出手了！

但是，當她看清楚掀開眼皮的並不是胡法天，而只不過是那個醫生時，她仍然控制著自己，一動也不動。那醫生用一支小電筒似的東西，發出一股相當強烈的光芒，來刺激木蘭花的瞳孔，檢查她瞳孔的反應，約有兩分鐘之久。

然後，他又放下了木蘭花的眼皮。

要在那兩分鐘之內，眼珠不轉一轉，那實是極其困難的事，木蘭花做到了，木蘭花知道自己是非做到這一點不可的。

因為這時她正扮演著一個因腦部受擊，可能終生陷於昏睡的人，這對扭轉劣勢處境來說，有著莫大的用處，而如果她眼球微一轉的話，那就什麼都完了。

木蘭花聽得胡法天問道：「怎麼樣？」

「沒有反應，我判斷她短期內不會醒來的。」

胡法天突然笑了起來，道：「太好了，那實在太好了！將沒有人是我的敵手了！蘭花小姐，你還聽得到我的話麼？」

他一面說，一面在向前走來，而他的最後那句話，簡直是湊在木蘭花的前面說的，木蘭花甚至可以感到他呼出來的氣息！

也就在胡法天講到最後一句話的時候，木蘭花突然睜開眼來。在那不到十分之一秒鐘的時間內，胡法天的表情實在是驚訝到難以形容。

6 死結

他本來是得意非凡的，但是剎那之間，那種得意非凡的神情僵住了，留在他臉上的是哭笑不得的神色。

胡法天可以說是個見機極快的人，他突然仰起身子，但是，已經慢了一步了，木蘭花在睜開眼的同時，右手也揚了起來。

木蘭花的五隻手指，如同鐵鉗一樣的捉住了胡法天左手邊的頭頸，令得胡法天的頭可笑地向一邊歪著，他的臉也變成了死灰色。

但是他卻還未曾忘了去拔槍，然而那卻沒有什麼用處，他才一拔出槍來，木蘭花揚起手來，掌緣砍在他的手腕上，槍落到了床上，立即到了木蘭花的手中。

這一切，前後至多只不過兩秒鐘。

那醫生正轉身向門外走去，所以他根本不知道發生了什麼變化，他到了門口，道：「首領，你的確是大獲全勝，沒有人可以再和你爭雄了。」

木蘭花笑道：「你說得對！」

木蘭花真正地看到，那醫生的頭髮，在剎那之間直豎了起來，那當然是他的心感到了難以形容的驚恐的原故。

他不敢轉過身來，只道：「你……醒過來了？」

「你的判斷不正確了，醫生，」木蘭花冷冷地道：「你退回來，將你身上的武器放下來，胡法天的槍已到了我的手中，你必須服從我。」

「是……是……」那醫生手忙腳亂地在身上摸索著，在他的身上，大大小小地竟取出了六柄槍來，這一點，倒也很出於木蘭花的意外。

「你倒退著向我走來。」木蘭花繼續命令。

那醫生倒退著向後走來，等他來到木蘭花的跟前之際，木蘭花揚起手中的槍，以槍柄向著他的後腦重重地擊了下去。

那傢伙身子一軟，搖了兩下，便倒了下來。

「希望你不要終身昏迷不醒。」木蘭花冷笑了一聲、然後轉過頭來，「你呢？胡先生，你是要強迫呢？還是自願？」

胡法天是一個十分厲害的人，本來，雖然他處於極端不利的劣勢，有了那麼多時間去供他思索，他也應該漸漸地定下神來了。

然而這時，他卻不能！因為木蘭花的五指，緊緊地抓住了他的一半頭頸，而木蘭花的那一抓，十分之技巧，大拇指恰好扣在他頸旁的動脈之上。

動脈被壓，血液不能順利地流向腦部，一個人便會產生一種昏酡酡的感覺，在這樣的情形下，任何人都不能好好地思考的。

是以胡法天這時候只覺得極其慌亂，面色青白，木蘭花問他的話，他是聽清楚了，但是他該如何回答木蘭花，他卻是茫無頭緒。

木蘭花又冷笑了一下，道：「好了，秀珍在哪裡，你帶我去，我要看她的情形如何，再來處置你，你聽到了沒有？」

胡法天困難地點了點頭，說道：「你……放開我！」

木蘭花手一鬆，但是她的手剛一離開胡法天的頸際，便立即握住了他的左手手腕，用力一扭，將他整個身子全都扭了過來，同時，她手中的槍一伸，直抵住了胡法天的背脊。

當木蘭花第一次和胡法天交手之際，因為看到胡法天年輕，在科學上的造詣高，因之處處都留下餘地，希望胡法天能夠痛改前非。

但如今，她已明白胡法天是一個凶殘狠辣，幾乎失去人性的傢伙，她手下自然也絕不留情了，她將胡法天的手臂扭得再用一分力，手背脊骨便會斷折的程度，令得胡法天難以妄動，由於胡法天曾經中槍，這樣的扭曲著，更會令他產生陣陣劇痛！

木蘭花的估計不錯，這時，她雖然在胡法天的背後，但是也可以看到胡法天的汗水一串一串地向下流了下來。

胡法天的神智，顯然已經恢復了。

他用一種十分深沉的聲音道：「好，蘭花小姐你……好！」

「不錯，我本來就很好，胡先生！」木蘭花自然知道胡法天這樣講法是什麼意思，她也針鋒相對地回答道：「你不要以為自己有了本領，就可以胡作非為，肆無忌憚，這只不過是一點小小的教訓，等你再回到法庭上的時候，你將知道自己妄為的代價了！」

胡法天悶哼一聲，並不言語。

「好了，你帶我去看秀珍。」

「哈哈哈！」胡法天突然怪笑了起來，「我本就準備請你去看她的，看到你親愛的妹妹成了一個瘋子，那是我的功勞！」

木蘭花的心中不禁感到了一股極度的寒意！胡法天不止一次說到穆秀珍已成了瘋子，秀珍是怎麼成為瘋子的呢？難道這是真的麼？如果這是真的，無論胡法天下場如何，損失總是無法彌補的了！

她沉聲道：「你帶我去！」

胡法天向外走去，木蘭花扭住了他的手臂，將槍口抵住了他的背脊，緊緊地跟在後面，開了門，經過了一條甬道，木蘭花已經看出，一切全是在地下。

木蘭花的心中，不禁暗自吃驚。

因為這許多地下的建築，絕不是一朝一夕所能建成的。胡法天選擇了這樣荒涼的郊外，苦心經營，他的野心之大，實是可想而知的，如果這次再不能將之制住，那麼這個具有超人的能力，和非人的殘忍的人，終將成為為害社會極大的毒瘤！

他們在甬道中轉了一個彎，木蘭花突然停止了腳步。

她聽到了穆秀珍的聲音！

那的確是穆秀珍的聲音，聲音是從甬道盡頭處的一間房間中傳出來的，那間房間的門關著，但是穆秀珍的聲音聽來更給人以一種十分異樣的感覺。

穆秀珍在笑著，她的笑聲尖而利。

穆秀珍是一個性情樂觀的姑娘，她本來就很喜歡笑。但是木蘭花卻從來也未曾聽到她用這樣的聲音笑過。

穆秀珍不但在笑，而且還在胡言亂語。只聽得她叫道：「我是天兵天將的教練，火箭送我到太空去，我去將天兵天將勾了來，十殿閻王只是我的小孫子，孫行者是我徒弟，你們誰敢來啊！」

她最後的一個「來」字，淒厲而令人心顫，那實是在一個瘋子的聲音！木蘭花在那一瞬間，簡直再提不起勇氣來向前走去。

而胡法天則陰陰地冷笑了起來……

高翔到了公路局，只不過用了三十分鐘時間，便已然有了眉目。烈性炸藥是在築路段的臨時倉庫中失去的，失去之後報了案，也沒有引起人怎麼注意。

三十公斤炸藥可以引起極人的傷亡，但正因為它所能引起的傷亡太大了，使人不相信有什麼瘋子會利用它來犯罪，倉庫中人還當是數字算錯了，或是使用過多，忘記了報數而已。經過高翔一調查，看守倉庫的人才道出幾天之前，有一個朋友騎著摩托車去找過他，請他喝酒。

那個「朋友」是在日新煉油廠做工頭的，他的名字叫顧大章。

高翔想不到那麼短的時間內，會有那麼大的收穫！

追緝的範圍陡然縮小了，那個顧大章，毫無疑問便是偷去炸藥，安放炸藥的人，只要找到了他，什麼問題都解決了。

高翔連忙撥了電話，聽電話的是方局長。

「方局長，我已查清楚了，」高翔急急道：「事情是一個叫顧大章的傢伙幹的，快領人去逮捕他，他是原油運輸部的工頭。我立即回來。」

高翔一放下電話，便竄上了摩托車，趕回廠去。

當他在公路上飛馳的時候，他的心情極其輕鬆，因為一根最主要的線索已經抓住，抓住了這根線索之後，一定可以迎刃而解了，一項巨大的危機，將會消弭於無形！

高翔用最短的時間，回到了煉油廠。

當他一進煉油廠的大門之際，便感到事情有些不對頭，兩名警官老遠一看到他，便向前奔了過來，叫道：「高主任！」

「什麼事？」高翔迎了上去。

「高主任，那顧大章，他……他……」

「他怎麼樣，就逮了麼？」

「那傢伙十分機智，由於他是工頭，本來他也在廠中參加搜索工作的，但一當我們的人要去逮捕他時，他拔足便逃！」

「哼，那率領人去逮捕他的人該受處分！」

「是，」那警官道：「但是……那是方局長親自帶人前去的。」

高翔嘆了一口氣。

顧大章見到方局長向他走來，便立即感到事情很不對頭，拔足便逃，這人毫無疑問是一個十分機靈的人。

他忙問道：「逃走了麼？」

「沒有，可是他卻爬上了一個儲油塔的頂上。如果我們開槍，那麼就有可能將油塔射穿，那是會引起大爆炸的，所以如今將他圍住了。」

「帶我去看。」

「是！」那兩個警官領著高翔，向前急匆匆地走著。

不一會，便來到了五六座油庫的前面，在那五座巨大的球形的油庫附近，已經圍滿了警員，每一個油庫，足有三十呎高。

高翔一到，便看到其中的一個油庫上，伏著一個人。

那人伏在油庫頂上，要射中他，無異是十分困難的，而爬上塔頂的鋼梯卻又被那人在當中拆下了老長的一截來。

方局長正在擴音機之前叫著：「顧大章，你的陰謀完全暴露了，你快些下來，那麼，警方還可以量情從輕發落，若是再頑抗，那是死路一條！」

高翔從另一個警官手中，接過望遠鏡來，向上望去。

顧大章是一個身形十分魁偉，而且一臉精明的漢子，約莫三十五歲，令得高翔奇怪的是，他雖然四面被圍，但看來面色相當鎮定。

高翔來到了方局長的前面。

方局長轉過身來，作了一個無可奈何的手勢。

「將油庫中的儲油放掉。」高翔立即道：「那樣，他就無所依恃了，必須制住他，這是最重要的人物，絕不能放過他。」

高翔一再強調著，但是在方局長旁邊的廠長，面色卻十分難看，他道：「這一庫全是最高級的飛機汽油，你知道價值多少？」

「這一庫，即使是金水，也要放掉！」高翔倏地轉過身去，「你聽到沒有？如果不拿住這人，到時候，你廠中的所有易燃品，全要放掉了！」

廠長的面色更難看了，道：「那麼，警方該通知海域上的船隻避開，因為洩油管是直通到海中去的，局長，主任，廠方的退步到這裡為止了！」

「廠長先生，這事只怕由不得你我作主！」

方局長在無線電話中下達著命令，水警輪被派出去，在洩油管出口處的海域上巡邏。

洩油管本是以防萬一時洩油用的，油洩到大海中去，當然是回不來了。因此，當廠長下令扭開閘門之際，他的聲音是微微發著抖的！

高翔一直用望遠鏡在注意著顧大章的神情。

當洩油閘開動之際，顧大章不再那麼鎮定了，他慌張地四面望著，轉動著他手中的槍。顧大章的手中竟是有槍的！這令得高翔吃驚不少。

那也就是說，即使這個油庫的油放盡了，要逮捕他仍然不是易事！他可以豁了出去，槍擊別的油庫，引起災禍。

必須用什麼法子引開他射擊的目標，使得他不去射油庫，他槍中的子彈至多是七粒，在他槍中還有一粒子彈之前，危機總是存在的。

高翔想了片刻道：「局長，請你向軍方借一架最輕便的直升機，飛到廠中來，我要使用它。」

「你要用它來做什麼？」

「顧大章的手中有槍，我想，他伏在油庫頂上，若是有一架直升機，自他的頭頂壓下來，那麼他一定會舉槍向直升機發射的。」

方局長苦笑了一下道：「你雖想得不錯，但直升機是一個大目標，如果你被他擊中了，那麼，你就難以逃出來了。」

「所以，我才要小巧靈活的直升機，一方面憑我的技術，一方面只好憑運氣了。當直升機到了之後，我一發動，下面便派人爬上去，要生擒。」

方局長又望了高翔片刻。

高翔的面上神情，是堅定得不可動搖的。

方局長嘆了口氣，拿起無線電話，叫通了軍方，十五分鐘後，當油庫的儲蓄指針，指著「零」字之際，天上傳來了一陣軋軋聲，一架直升機在附近停了下來。

高翔向方局長作了一個手勢，一隊早已準備好的警員，帶著附有鉤子的繩索，來到了鋼梯之旁，他們準備攀上去。

鋼梯有十五呎左右，是被拆除了的，他們就準備利用手中的飛索，爬上油庫的頂去。高翔來到了直升機之旁，登上了駕駛位。

方局長在最後的一剎間，還想制止高翔，不讓他去從事冒險，但是方局長還未曾出聲，高翔已駕著直升機飛起來了！

直升機向上升去，升高了六七十呎，來到工廠油庫的頂上，然後，突然向下沉來！不出高翔所料，顧大章立時翻過身來，連射了兩槍！

高翔以極高的速度，令得直升機向側飛去。

那兩槍射空了！

高翔操縱著直升機，一個盤旋，又來到了油庫的頂上。

當他在半空中作急速的盤旋之際，他看到一隊警員已開始在拋繩索了。當他再度向下壓去之際，這一次，顧大章連發了三槍！

在油庫附近的警員，全都緊張到了極點！

高翔駕著直升機，去引得顧大章向他射擊，那是何等勇敢的行動！警方有一些老資格的人員，對於高翔在警局的地位如此之高，本來是心中暗自不服的，但這時，他們也全都服了！因為他們深深感到，要自己這樣做，自己是不敢的！

這一次，高翔是突如其來的升高，又避開了那三槍。

然後，幾乎是立即地，直升機又向下壓來。

高翔在默算著，顧大章已開了三槍了，剩下的兩槍，他一定會小心使用的，是以他下落的勢子十分快，幾乎不容顧大章有考慮的餘地。

「砰！」

又是一槍！

直升機的機葉在這一槍發出之後，竟然停頓了，機身陡側，直升機向下跌來！下面的人不約而同地發出了一聲驚呼！

就在這時，「砰！」再是一槍，子彈穿過了直升機的機艙，也就在這時，直升機的機葉又軋軋地轉動了起來，直升機斜飛了開去！

剛才機翼的停止不動，竟是高翔故意的！

他假裝已中了彈，使顧大章起了趁勝追擊的念頭，將最後一粒，也是最危險的一粒子彈射了出來。顧大章手中的，已是一柄空槍了！

當高翔的直升機再升上天空之際，下面傳來了雷動的歡呼聲中，最先爬上油庫頂上的警員，已然到達了。

顧大章慌張地站了起來，向後退了一步。

油庫的頂上是圓的，顧大章退後了一步，身形便已搖晃不定。

首先到達的警官不再進逼，只是以十分溫和的聲音道：「顧大章，你講出一切來，那會有好處的。」

顧大章又後退了半步。

這時，他的身子要竭力前傾著，才能保持平衡。

那警官沉聲道：「你別再退了，警方保證你的安全，你快向前來，警方將你當作是自首的，在法庭上，警方可以提出這一點。」

顧大章的身子搖晃著，向前走出了半步。

那半步，令得他的身子一滑，他立即伏了下來。那警官立時爬向前去，伸出手來，顧大章也伸出手，想抓那警官的手。

如果他抓到了那警官的手，他就可以安全了。但是，兩人的手卻相差吋許，而且，兩人手指和手指之間的距離在快疾無比地增加著——顧大章的身子，突然迅速無比地向下滑去，他發出了一下驚心動魄的尖呼聲，從三十呎高的油庫頂上跌了下去！

當高翔停好了直升機，走出機艙，向前奔去，擠進人叢的時候，方局長正在叫道：「醫生在哪裡，快叫醫生來！」

高翔來到了顧大章的身邊。

顧大章的身子蜷屈著，他是躺在血泊之中的，高翔翻轉了他的身子來，伸手在他的鼻子前探了一探，又握住了他的手腕。

然後，高翔鬆開手，站了起來。他的臉上現出了難以形容的沮喪，道：「不必叫醫生，他已經死了！」

「啊！」方局長失聲驚呼，

高翔難過得幾乎要捶胸大哭！但是他當然未曾哭出來，他向外默默地走去，走出了十來米，才呆呆地站立著不動。

最重要的一根線索斷了！眼看已可以解決的事，一下子就變成了難以解開的死結。

高翔除了苦笑之外，實在是沒有別的事情可做，他抬起頭來，望著那架直升機，想著剛才自己冒著生命危險去引開顧大章的射擊目標，但結果，顧大章仍不免跌死，他實是啼笑皆非！

他默默地站著，連方局長什麼時候到他的身邊，他都不知道，直到方局長開了口，道：「高翔，怎樣，灰心了麼？」

高翔嘆了一口氣，聳了聳肩。

「顧大章雖然死了，但我們至少也得了一點線索。」

「線索？」

「是的，顧大章是原油運輸部的工頭，三十公斤的炸藥，再加上裝置，體積不會小，我已經瞭解過了，廠內各部門的職工，很少亂走的情形，更不要說帶著體積巨大的東西了，所以，我們的搜索範圍，可以縮小到原油運輸部這一個單位中。」

高翔的精神又為之一振，道：「很可能顧大章就是將炸藥放在一桶原油之中，我們要檢查每一桶原油，要快一些進行，時間不多了。」

在各部門從事搜尋的人都被調了回來。

一桶桶的原油被打了開來，被小心地用長長的竹籤插著，原油是黑色的，濃稠的物體，散發著十分不好聞的怪氣味。

時間一點一點地過去，仍然一點結果也沒有。

而令高翔擔心的是木蘭花一點消息也沒有。那被派去支援木蘭花的四十名警員在途中「翻了車」，幾乎無一倖免，而繼續派出去的警員，卻一無發現，那地方根本沒有人，只有那輛撞毀了的無線電追蹤車！

高翔和方局長兩人都覺得一籌莫展了。

他們除了等待之外，已沒有別的辦法可想了。

他們等待著好的和壞的消息。好的消息是木蘭花和穆秀珍一齊歸來，並且擒住了胡法天！壞的消息是，等候胡法天的電話。

因為胡法天說過，在爆炸之前的四小時，他會打電話來的，這是最壞的情形，到了那時候，警方便只有考慮接納胡法天的條件了。

當然，搜索仍然在進行，但是誰都可以看得出，這樣的搜尋是不會有什麼結果的，因為煉油廠的範圍，實在是太大了。

本來，這時候木蘭花是應該可以回來的了。如果木蘭花一直佔著上風的話。但可惜的是，事情又發生了出乎意料之外的變化。

這變化是對木蘭花十分不利的，所以她未能回來。

7 攻心計

穆秀珍的胡言亂語聲，令得木蘭花心頭陣陣劇痛，她停了五分鐘，推著胡法天，繼續向前走去，到了門口，穆秀珍的聲音聽得更清楚了。

「開門！」木蘭花忍著心頭的難過，沉聲命令著。

胡法天揚起左手來，在門上輕輕地按了一下。

房門自動打了開來，只見穆秀珍披著頭髮，正在大叫，她一見有人來，突然叫道：「小鬼來了，小鬼來給我當午餐了，小鬼——」

她才叫到這裡，便突然一呆。她看到了木蘭花。

木蘭花忙叫道：「秀珍，你認得我麼？」

穆秀珍連忙向前奔來，道：「蘭花姐，你怎麼會這樣問？我怎麼會認不出你來？」

這一下，倒令得木蘭花也有點莫名其妙了，她忙道：「你……你不是瘋了麼？你沒有瘋？」

穆秀珍前仰後合，「哈哈」地笑了起來，道：「我差一點瘋過去了，但是我卻沒有，胡法天以為我已經瘋了，他用一種尖銳的聲音來逼瘋我，卻未曾想到我有超人的耐力！喂，胡法天，本姑娘裝瘋裝得像不像，可是無懈可擊？」

她一面說，一面來到了胡法天的面前，伸指在胡法天的鼻尖上，「拍」地彈了一下，緊接著，又「哈哈」大笑了起來。

胡法天氣得臉色比紙還白！

木蘭花先是假裝昏迷了，他還以為至少穆秀珍是真瘋！但是，穆秀珍卻也是裝瘋！

穆秀珍是在忍無可忍的情形下想出這個辦法來的，當時，她如果不是想出這個辦法來，她是一定會真瘋過去的。她想到了胡法天的目的，又料定胡法天一定是通過電視在監視著她，所以她陡地跳了起來，手舞足蹈，完全像瘋了一樣。

胡法天果然以為她是真的瘋了，所以才停止那種聲音。

穆秀珍為了避免露出破綻來，是以一直在裝著瘋，她本來是希望胡法天來看她，她可以突如其來地出手，將之制住的。但是，想不到的是，木蘭花竟然出現了！而且，木蘭花已將胡法天制住了！

穆秀珍這時的高興，實是難以形容的，當她伸指在胡法天的鼻尖上一彈，看到胡法天的神情如此難看之際，她更是大笑了起來。

這時，木蘭花也完全放心了。

她冷笑了一聲，道：「胡先生，我們該談談正事了！」

胡法天悶哼了一聲，並不說話。

木蘭花繼續道：「炸藥放在什麼地方？」

這是最主要的一個問題，木蘭花已經完全地佔了上風，她自然可以開門見山地向胡法天提出這個問題來。而不必轉彎抹角了。

胡法天閉上了眼睛，卻並不出聲。

「喂！」穆秀珍伸手指住了胡法天的鼻尖，「聽到了沒有，炸藥放在什麼地方，若是你再不講，給你嘗一些新鮮的滋味。」

胡法天冷笑一聲，又深深地吸了一口氣，道：「你們是不敢將我怎樣的，炸藥放在什麼地方，如果我不說，你們再也找不到，你們敢將我怎樣？」

「你還在逞強？」穆秀珍的手陡然揚起來，向胡法天的頸際砍去。

但是她那一拳，卻並沒有砍中胡法天，木蘭花一伸手，便將她攔住了。

「蘭花姐！」秀珍憤然道：「為什麼不讓我打他？」

「他犯了法，自有法律裁判他，我們將他交給執法機關好了，相信在執法人員的手中，他一定會將事實真相講出來的。」

「哼，便宜了他！」

「胡法天，帶我們出去。」木蘭花命令。

胡法天慢慢地向前走去，穆秀珍連忙跟在後面。當胡法天在甬道上轉了幾個彎之後，木蘭花發現那地下的建築，相當龐大。

她明白胡法天是必然不肯就此就範的，是以她的槍口始終抵在胡法天的背脊上，若是有什麼變化的話，至少她可以先將胡法天打死。

一連轉了好幾個彎，看來胡法天仍然沒有停止的意思。

木蘭花開始疑心，她沉聲道：「如果你還想玩弄什麼花樣的話，那你是自找苦吃，我不信到出口處，要經過那麼多路！」

「蘭花小姐，我如今有反抗的餘地麼？」胡法天居然越來越是鎮定，「如果在這樣的情形下，你仍然感到害怕，那你太看得起我了！」

穆秀珍冷冷地道：「你明白沒有反抗的餘地就好！」

這時候，他們已來到了一扇門前，穆秀珍叫了起來，道：「蘭花姐，我記得了，我就是通過這扇門走進來的！」

她一面說，一面跳向前去推門。可是那扇門卻關得十分實，穆秀珍推不動。

穆秀珍還未曾轉過身來，胡法天已然道：「按門上的第一排第七枚銅釘，再按第三排第六枚，門就會自動打開了。」

穆秀珍回頭望了木蘭花一眼。

木蘭花點了點頭，表示穆秀珍可以照胡法天的話去做。穆秀珍連忙在那兩枚銅釘之上按了一按，只聽得「啪」的一聲，門便打了開來。

門內是一間石室，那顯然是出入口，因為直向上通去，那是一個深井，而他們這時正在深井的底部，向上通出約莫十八九呎，便是一塊鋼板。

穆秀珍忙又解釋道：「蘭花姐，這是一口井，井中是有水的，水就在鋼板上面，將水排去，鋼板移開，便可以通到外面去了。」

「很不錯的設計。」木蘭花道。

「我的設計一向是出人意表的。」胡法天道。

木蘭花的心中一動，胡法天講得如此之鎮定，他是不是還有反敗為勝的機會呢？如果有的話，他將使用什麼辦法呢？

易身處地想一想，木蘭花也想不出可以有什麼辦法，能擺脫一管直抵在背心後面的槍！但是一路行來，一個人也沒看見，這種情形不十分正常，木蘭花決定要加倍小心。

她推著胡法天，直來到鋼梯之前。

穆秀珍伸指在胡法天的頭上鑿了一下，道：「喂，怎樣排水，怎樣打開鋼板？」

胡法天道：「你們將我放開，我來辦。」

「不用想！」木蘭花立即道：「你說好了。」

「也好，打開鋼板下面的那個灰色的盒子，按紅色的掣，然後再按綠色的掣。」胡法天抬頭，向上面的一個灰色盒子指了指。

木蘭花押著胡法天，來到鋼梯的盡頭處，穆秀珍一伸手，剛好夠打開那個盒子，但是，她的手卻不夠長去按那個掣。

她用槍管代替手指，先按那紅色的掣，按了之後，再按那綠色的掣。一切似乎都十分順利，但是突然之間，變故來了！

當穆秀珍才一按下那紅色的掣之際，她忽然覺出一股巨大的力量，像是有一隻無形的手一樣，突然將她手中的槍奪走了！

她手中的槍掙脫了她的手，竟倏地向上飛去，「錚」地一聲，貼到了那塊鋼板之上，就在那「錚」地一聲之後，緊接著，又是「錚」地一聲響，木蘭花的槍也貼到了鋼板之上！

原來木蘭花的感覺和穆秀珍一樣，突然之間，一股大力將她手中的槍奪走了！

那變故可以說來得突然之極！

然而即使是突然之極，木蘭花心中，閃電也似地閃過了一個念頭，她已經想到了：強大的磁力！按下那兩個掣，那塊鋼板上便生出了極強的磁力來！

這的確是巧妙之極的設計，那股無形無蹤，但是對金屬具有強大的磁力，的確可以使得任何人手中的武器飛向鋼板的！

木蘭花的應變更快，她手中的槍突然向上飛去之際，她便陡地揚起手來，向胡法天的頸際砍了下去。然而，在她的手掌還未曾砍中胡法天的頸際之時，第二個變故又來了！

那塊鋼板「刷」地移開。

隨著那塊鋼板的移開，並不是露出了天空，而是一股又粗又急的水，自上而下直沖了下來！

那一大股水沖下來的勢子是如此之勁疾，實是令得人絕對沒有多作思慮的餘地，木蘭花和穆秀珍兩人只覺得猛地眼前一亮，已然身不由主地向下跌了下去。

但即使她們是從鋼梯之上跌了下去，木蘭花仍然來得及將那一掌砍在胡法天的頸上，而且緊緊地將胡法天的手臂執住，但是，當她們向下跌去之際，四面八方，大量的水湧了進來，在她們還未落地之時，那石室中已有七八呎深的水。

木蘭花抓著胡法天，和穆秀珍一起跌進水中去。

她們一跌進水中，便發現有很多全副潛水配備的人，正舉著水底光棒向她們接近。

穆秀珍乃是水中的健將，她一見有人游近來，雙足一蹬，已像魚也似向前竄了出去，在她前面的一個人，「颼」地向她射出了一支魚槍。

穆秀珍突然一翻身，便將那支魚槍輕易避了過去，同時她身子猛地向下一沉，竟騎到了那人的背上。在那人的頭上重重地敲了一記。

那人手中的魚槍鬆了開來，人也翻了轉來，穆秀珍奪過那人手中的魚槍在手，可是當她再抬起頭來之際，她不禁呆住了。

所有的水底光棒都熄去了！水中一片漆黑！

穆秀珍什麼也看不到，也不知道木蘭花怎麼樣了，她更沒法子出聲相詢，而她又沒有潛水設備，使她只好向水面上升去。

木蘭花的情形也好不了多少。她一手抓住了胡法天不放，仍在水中靈活地游著，左手反勾，勾住了一個人的氣管，用力一拉，將之拉斷，眼看著氣泡骨都都地上升。

但是，也就在那一剎間，所有的光棒全都熄滅了，眼前成一片漆黑，那是真正的一片漆黑，什麼也看不到，像是在深達千丈的地底一樣。

木蘭花的心中還不怎樣怕，因為眼前的情形雖然發生了變化，但是她手中所握的王牌，卻仍然沒有什麼變動。

那王牌便是：她仍然控制著胡法天。

木蘭花也向水面之上升去。

她和穆秀珍兩人幾乎是同時冒出水面的。

她們是在突如其來的情形之下落入水中，也隨之閉住了呼吸，在水底閉住呼吸已超過了一分鐘的人，一旦露出水面之後，第一件要做的事情是什麼呢？

當然是深深地吸一口氣！

木蘭花和穆秀珍也正是那樣。

然而，當她們一吸氣間，她們的心中便立即知道不妙了，她們深深吸進去的，是一種有著強烈異味的麻醉氣體！這種氣體可以使人在五秒鐘內昏迷。

木蘭花連忙拉著胡法天，再向下沉去。

但是，她卻立即天旋地轉，失去了知覺。

穆秀珍的情形正和她相同，只不過穆秀珍失聲「啊」地叫了一聲，木蘭花並沒有聽到那一聲叫，因為那時，木蘭花正沉進水中去！

等到木蘭花和穆秀珍兩人又漸漸地有了知覺之際，她們第一個感覺，便是腦脹欲裂，同時，眼中現出各種奇異的顏色來。

木蘭花盡量地睜大眼睛，她眼前的幻覺漸漸消散，她看清了眼前的情形。

她和穆秀珍竟各自被關在一個大鐵籠之中！

兩個大鐵籠相隔約有七八呎，是在一間十分寬大的地下室中，木蘭花看到穆秀珍也已醒了過來，正在不斷地揉眼睛。

在地下室的四個角落中，每個角落有兩個持著手提機槍的人，對準了她們，胡法天並不在，那些持槍的人，大都面目陰森。

一分鐘後，穆秀珍顯然也看清眼前的情形了。

她直跳了起來，可是她的頭卻重重地碰在籠子的鐵條上，她又跌坐了下來，罵道：「王八蛋胡法天，你在什麼地方？」

木蘭花冷冷地道：「秀珍，鎮靜一些！」

穆秀珍回過頭來，道：「蘭花姐，太豈有此理了，他，胡法天這傢伙，竟將我們關在籠子之中，他竟這樣對付我們。」

木蘭花的鎮靜功夫的確是旁人所難及的，在這樣的情形下，她聲調仍然維持正常道：「秀珍，這算是好的哩，他還有新鮮的法子在後面哩！」

木蘭花的話剛一講完，「砰」地一聲，門便被打了開來，一個人走了進來。木蘭花和穆秀珍兩人，都認出那是曾經被她們擊昏過的醫生。

那傢伙走了進來，陰森地一笑，道：「你講得不錯，首領還準備了許多你們所意想不到的辦法，是用來對付你們的。」

「哼，」木蘭花冷笑著，「他如今為什麼不來？我想，他是昏迷不醒，還未曾醒過來，你們正在進行急救，是不是？」

木蘭花這樣說，是有道理的。

因為當時，當木蘭花從水中向上升起來的時候，她是帶著胡法天一起升上來的，她不想胡法天溺斃，所以她也將胡法天的頭部提離了水面。

胡法天同樣在水中閉住了呼吸，他出水面之後的第一件事，當然也是深吸一口氣，那麼，他也必然吸進了那種強烈的麻醉氣體的。

當然，胡法天也會昏過去。

而胡法天在落水之前曾受了一擊，他的手臂又受了傷，再加上他的體質遠比不上木蘭花和穆秀珍，那麼，木蘭花料斷胡法天仍然昏迷不醒，是十分有根據的。

那傢伙聽了，面色微微一變。這一下，更證明木蘭花的推斷不錯。

但是那人立即恢復了常態，道：「那你大可放心，首領很快就會復原的，他在適當的照料下，立即就要清醒了！」

「是麼？」木蘭花揚了揚雙眉，「那麼，你閣下就該為自己的命運作一下打算了。」

那人一怔，看他的情形，顯然不明白木蘭花這句話的用意是什麼。不但那人不明白，連穆秀珍也不明白。

那人不出聲，等木蘭花講下去。然而，木蘭花卻也不出聲！

僵持了一分鐘，那人終於沉不住氣了，他道：「你這樣說是什麼意思？」

「原來你不知道？看來你的地位更不妙了。」

那人陡地向前衝出了兩步，道：「你若是再吞吞吐吐，我就先對你不客氣，你還不爽爽快快地給我講，什麼意思！」

「噢，那不必急。」木蘭花雖然被關在籠內，但是她卻十分鎮定，「說穿了，也很簡單，你想想，胡法天給你弄得昏了過去，他醒過來之後，會怎麼想？」

那人的臉上神色大變，道：「必須放麻醉氣，要不然，怎能將你們關在籠子之中？」

「對啊，在你來說，你是一片忠心，但是我可以肯定胡法天不會那樣想的！胡法天是首領，他居然在你的安排下昏了過去，雖然這次你將他救醒了，但是他醒過來之後會想，這傢伙下一次會不會出其不意弄昏我，而不將我救醒呢——」

木蘭花才講到這裡，那人便大叫著衝了過來，雙手抓住了籠子的鐵枝，大叫道：「住口！不准再講下去！」

木蘭花淡然一笑，道：「住口就住口，我在乎什麼？」

那人急速地喘了幾口氣，望著木蘭花。

木蘭花背負雙手，卻悠閒地在籠中踱著步，照這樣的情形看來，被關在籠子中的，似乎不是木蘭花，而是那傢伙一樣！

在一旁的穆秀珍看到這等情形，也忍不住哈哈大笑了起來，那人又神經質地轉過頭來，道：「不准笑，聽到了沒有？」

穆秀珍學著木蘭花，攤了攤手，她甚至還裝了一個鬼臉，道：「不笑就不笑，先生，我在乎什麼，你才要——哈哈！」

那人望了望穆秀珍，又望了望木蘭花。他的雙手仍然緊緊地抓住了鐵枝，那顯得他的心中正充滿了極度的恐懼，木蘭花的話，正說中了他的心坎深處！

那人毫無疑問是胡法天的副手，他應該比木蘭花更瞭解胡法天的性格。從他這時的神情來看，木蘭花完全說中了！

他呆呆地望了木蘭花一分鐘，才猛地揮手道：「你們退出去，你們全替我退出去！」

在四個角落處的八個槍手，互相望了一眼，他們的面上都有疑惑之色，但還是順從地退了出去，沒有一個再留在室內。

等到那八個槍手全退了出去之後，那人突然問道：「蘭花小姐，照你看來，我……我應該怎麼辦？請你……告訴我。」

木蘭花鬆了一口氣，她急中生智的攻心計竟生了效！以後事情的發展如何，雖然還不可預料，但是如今，處境總算又有了轉機。

木蘭花立即道：「你的出路，只有一條，那是你唯一的生路，帶我們逃出去，你可能做得到麼？趁胡法天還未醒，你該快做出決斷來！」

那人的額上，更是汗如雨下。

他搓著手，來回地踱了幾步，木蘭花的提議，對他的一生來說，將是一個決定性的轉變，他顯然是難以作出決定來。

「你要快些下決心了，等到胡法天醒來之後，那就一切都遲了！」木蘭花沉緩而堅定地說著，以堅定那人的決心。

那人抬起頭來道：「警方可保證我的安全？」

「當然，你立了一個大功，警方可以資助你遠走高飛，而胡法天也絕不能逃脫法網的，這一點，你大可以放膽相信我的話。」

那人奔到了一個電閘前，猛地拉下了閘，鐵籠的頂部自動打了開來，木蘭花和穆秀珍立即以最快的速度從籠中跳了出來。

木蘭花奔到了那人的身邊，低聲道：「吩咐兩個槍手進來，兩個！」

那人點了點頭，將門拉開了一點，道：「進來兩個人，只要兩個！」

在他吩咐之際，木蘭花和穆秀珍閃身到了門後。

兩個槍手應聲走進，那兩個槍手剛一進門，還未曾看清鐵籠之中已經空空如也時，便已被自門後跳出來的木蘭花和穆秀珍兩人所擊昏了，他們兩人手中的武器自然也易了手。

那人搖搖手道：「不能硬來，不能硬來。」

木蘭花道：「你說得對，我們先將這八名槍手制服了再說，你吩咐他們兩個兩個進來好了，希望他們不要疑心你已叛變了。」

「不會，我是首領最相信的人，」那人講著，隨即苦笑了一下，因為在如今這樣的情形下，這句話已成了明顯的諷刺了，他繼續說道：「再進來兩個。」

兩個兩個進來的槍手，全被制服了。

8 追蹤網

那人拉開了門，向外走去，木蘭花和穆秀珍跟在他的後面，她們兩人都貼著牆根走著，才轉了一個彎，便看到兩個人迎面走來。

那兩個人一見到那人，便叫道：「于醫生，首領——」

他們兩人一句話都沒講完，便看到了木蘭花和穆秀珍，兩人陡然一怔間，木蘭花的槍口已對準了他們，他們立即舉起手來。

以下的任務由穆秀珍完成，穆秀珍是最樂意做這件任務的，她一步竄過去，在那兩個人的後腦上，各自賞了一掌。

那兩個人昏了過去，倒在地上。

那被稱為「于醫生」的吁了一口氣，道：「如果首領醒了，已坐在他控制室中的話，那實是不堪設想了，我們快走！」

他們三人急急地向前走著，很快地便來到了出口處。水已經被排走了，但地上還是濕的，從下面望上去，鋼板已經移開，兩支槍還貼在鋼板上，可以看到一塊天空，他們沿著鋼梯急急地向上爬，當他們爬到一半的時候，已聽到下面有急驟的腳步聲傳了過來。

木蘭花立即轉身，放出了一排子彈。

追來的人還未曾趕到，那一排子彈的呼嘯聲，和射在水泥地上那種驚心動魄的聲音，將所有的腳步聲都阻住了。

木蘭花又急速地向上升高了幾呎，然後，又射出了一排子彈，當她射出第三排子彈之際，那人和穆秀珍已跳出去了。

接著，木蘭花自己也跳了出去。

一跳出了井口，木蘭花便問道：「這裡可有別的出口麼？」

「沒有，」那人肯定地回答：「只有這裡。」

「好，」木蘭花簡短地吩咐，「你將槍放下，我們守住出口，你去到最近的地方，打電話通知高翔，他在煉油廠，請他帶五十名武裝警員，以及大量的催淚彈趕到這裡來，我和秀珍守在這裡，不讓他們有一個人可以漏網。」

她說著，已和穆秀珍兩人一齊向後退去，在一個枯樹後面躲了起來，兩支手提機槍對準了井口，在這樣的情形下，實是沒有人可以逃得出的。

那人點了點頭，向外走去。

木蘭花又叫道：「慢，日新煉油廠的事，你可知道麼？」

「不，這件事我不瞭解，首領是通過一個叫顧大章的油廠工頭做這件事的！」

那人立即盡他所知地回答木蘭花。

「好，你將這些也告訴他。」

「他……會相信我麼？」

「這個……你留在這裡，秀珍去打電話，秀珍，你打完了電話，立即回來，不要再節外生枝，又惹出了是非來！」

穆秀珍有點委曲地扁了扁嘴，但是她卻沒有說什麼，放下槍，急步向外奔了開去，那人代替了穆秀珍的位置，在枯樹根後伏了下來！

木蘭花一面注意著井口的動靜，一面問道：「你叫什麼名字？」

那人道：「我姓于，叫四夏。」

「噢，失敬了，原來閣下是大名鼎鼎的于四夏醫生。」

于四夏苦笑了一下道：「蘭花小姐取笑了。」

木蘭花沒有再說什麼。于四夏的確是一個醫生，但是卻因為屢屢協助犯罪分子，而被取消行醫資格。他在被取消了行醫資格之後，曾到過日本。

在日本，他犯了一件驚天動地的大案，便是將一家火藥廠的設備和存貨在一夜之間全部盜運走，手段之高妙，難以有人比得上。

由於他的醫術相當高超，是以他成為犯罪集團爭相羅致的熱門人物，然而近幾年來，他卻又音信全無，木蘭花事先的確不知道他便是大名鼎鼎的于四夏！

沉默了一會，木蘭花又道：「小心看著，胡法天一定不會就此甘休的，他一定先查清我們匿在什麼地方，你有手槍麼？」

「有。」

「有幾柄？」木蘭花想起在他身上曾有六七柄槍的事情來，近乎打趣地問他。

「有……六七柄。」

「那太好了，先給我一柄。」

于四夏將一柄手槍交給了木蘭花，木蘭花瞄準，突然一槍向井口射去，井口有什麼東西爆了開來，于四夏嚇了一跳。

「不要神經過敏，胡法天一定已醒來了，他吩咐手下用望遠鏡升出井口，來察看我們的所在，但已被我擊毀了！」

木蘭花的話才講完，七八枚手榴彈突然一齊從井中拋了出來。木蘭花和于四夏兩人，連忙向外面滾去，滾了七八碼，手榴彈驚天動地炸了開來，煙霧瀰漫中，四個人從井口跳了出來。

木蘭花立即發槍，她射了兩槍，于四夏射了一槍，三槍射倒了三個人，另一個慌忙轉身，並從井口中跳了下去。

木蘭花揚聲道：「你們不要妄想逃走，這是沒有可能的事！」

她叫完之後，冷冷地道：「胡法天雖然狡猾，但是他造這些地下室，只留一個出口，那是棋差一著了，我們要提防他們放煙幕彈！」

果然，木蘭花的話才一講完，「轟」，「轟」，「轟」三下響，三顆煙幕彈在井口旁邊，炸了開來，三團濃煙立時罩住了井口。

于四夏立時端起槍來，但木蘭花卻阻止他道：「沒見到人，別放槍，你守在這裡，我到對面去，守著對面。」

木蘭花迅速地向對面奔去。

濃煙漸漸擴展，到濃煙擴展到有兩丈方圓之際，開始有人向外奔來，但是，奔出來的人在槍聲一響時，便紛紛倒下，于四夏和木蘭花一共射倒了七個人，其餘的都縮了回去，當濃煙散去之際，木蘭花和于四夏打了一個招呼，繼續守衛著。

半個小時後，穆秀珍回來了。

多了一個守衛，地下室中的那些人更沒有逃走的機會了，雖然他們在不斷地搶攻，但是，卻陡然使井口旁多幾個死去的歹徒。

又半小時後，高翔率領著大隊警員開到，形勢更成了一面倒，大批催淚彈從井口拋了進去，高翔對著擴音器叫道：「放下武器，將雙手放在頭頂上走出來的人，警方保證你們的安全！」

一個一個歹徒都在這樣的方式之下走了出來。

當最後一個人走出來之際、木蘭花向于四夏問道：「人數夠了麼？」

「還少兩個人，」于四夏的聲音有點遲疑，道：「噢，一個是我自己，還有一個是——」

「是胡法天！」

「對的，是他。」

高翔俯伏前行，到了井欄的旁邊。

地下室中，實在是沒有法子待得下去的，高翔觀察了一回，又退了回來，召集了二十名警員，和木蘭花一齊，穿上防彈衣，戴上防毒面具。

他們先投下了十來枚催淚彈，然後，沿著鋼梯直衝了下去，下面煙霧瀰漫，他們立即展開了大搜索，但是半小時過去了，卻毫無結果，下面顯然一個人也沒有！

正在搜索間，高翔身上的無線電話響起了「滋滋」聲。

「高主任，方局長無線電話來，胡法天漏網了！他甚至和方局長通過電話！」

上面負責的警官這樣說著。

「他講些什麼？」

「方局長說，他只是表示，警方的行動並不能改變他原來的計畫，他將在炸藥爆炸前四小時，再和煉油廠方面聯絡。」

「他只講了那麼多？」

「是的。」

高翔關上無線電話，不禁頓了頓足，道：「又給他漏網了，唉，我們雖然破獲了他的巢穴，但是卻仍然無補於事！」

他作一個手勢，命令進入地下室搜索的警員收隊。離開地下室，回到地面上，胡法天單獨漏網的消息，人人都知道了。

別的人在聽到胡法天漏網的消息之際，還只是沮喪而已，但是于四夏立即害怕得臉上變色，哆嗦著道：「他……他一定不會放過我的！」

「你不必怕，」木蘭花安慰著他，「警方將會盡一切力量保護你的。如果你覺得在本市不安全，我想警方可以將你送走。」

「那麼，我離開好了，」于四夏忙道。

木蘭花望著高翔，高翔點了點頭，表示同意，但是他又問道：「于四夏，胡法天還有什麼藏身的巢穴，以及和些什麼人有聯絡，你知不知道？」

于四夏頻頻抹汗，道：「我的確不知道，請相信我，我如今更希望他落網，唉，他如果逍遙法外，我便難免終日心驚肉跳了。」

高翔不再說什麼，吩咐兩個警官負責于四夏的安全，同時，又將所有的歹徒都押回市區去，留下了二十名警員守在現場。

他自己則駕著車，和木蘭花、穆秀珍等人向市區去。

一路上，他們三個全不出聲，木蘭花甚至閉上了眼睛，但是一看她的神情，便知道她不是在養神，而是在深深地思索。

在車子穿進市區時，經過一天的忙碌，已是萬家燈火了。

輝煌的霓虹燈，將這個容納過百萬人的大城市，點綴得五光十色，極其美麗。

有人說，一個城市越是繁華，它所隱藏的罪惡也越是眾多，這似乎是至理名言，尤其本市乃是國際通商的大邑，那自然更多罪惡了。

但是，只怕沉浸在歡樂中的市民，想到本市將面臨著大爆炸、大火災的威脅，有整個毀滅可能的人，實在是太少了！

那一場大火，可能比世界上最大的火災，美國芝加哥大火更烈，本市市民的生命財產，將遭受到無可估計的巨大損失！

如果是一個狂人，要引起這樣一場巨大的災難，那麼事情還容易解決得多，可是蓄意要引出這場災難的，卻是一個頭腦精密到了異乎尋常，一個有著極其傑出成就的電子科學家，這樣一個人，為了私欲，做出如此可怕的一件事情！

木蘭花他們，幾乎已經用盡了一切辦法，到如今，事情仍可以說沒有絲毫進展，胡法天仍然逍遙法外，未曾被捕！

車子在市區內穿行，正快要穿出市區，來到煉油廠之際，木蘭花才嘆了一口氣，道：「一個人有私心是免不了的，但是人的私心，如果畸形的發展起來，那卻實在太可怕了。大的，便是一國的暴君，禍害全國百姓；小的，便會像胡法天那樣，成為社會的禍害！」

高翔苦笑了一下，道：「煉油廠快到了，蘭花，你準備怎樣？是等胡法天的電話來了再作打算？還是現在再去找他？」

「只好等待，我們一面不放棄搜索，一方面等待胡法天的電話，」木蘭花頓了一頓，又道：「我想，還應該快點建立一個電話追蹤網。」

「那是很容易的，但只怕沒有什麼大用處。」

「動員全市所有的後備警員，一共有多少人可供指揮？」木蘭花仍在沉思著，是以她的語音也十分沉緩。

「嗯——」高翔想了一想，說：「大約有七千人。」

「高翔，我們必須動員全部力量，也就是要動用這七千人。」

「怎麼去調度呢？如果要他們監視每一具電話，那麼本市電話至少有十五萬具，人力還是不夠。」

「當然不是要每一個人都去監視電話，只有傻瓜才會那麼做，我們要根據無線電通訊器材的多寡，將這七千人分成至少七百組——我想，方局長可以通過最高市政當局，臨時徵用一所廣播電台，那麼，只要攜帶半導體收音機的人，便隨時可以收到命令了。」

「若是那樣的話，」高翔有點興奮，「七千人可以分成一千組，每七個人一組，也就足夠了，蘭花，你的意思可是將七千人分散在本市的每一個角落，那麼胡法天不論在什麼地方打電話來，我們的人都可以在最短的時間內趕到他打電話的所在了？」

木蘭花點點頭。

車子已駛到了煉油廠的大門口，門房打開鐵門，車子直駛了進去。神情憔悴的方局長迎了出來，他也看出高翔等三人沮喪的神色，所以他立即道：「你們已盡了自己的最大力量了，反正還有十二個小時的時間，我們還可以想辦法的。」

木蘭花向高翔望了一望。

高翔立即道：「方局長，我們又有一個新的計畫，第一，召集所有的後備警員，第二，徵用一座無線電台，作徹夜廣播。第三，通知電話公司方面，建立一個在最短時間之內便可以偵知打向煉油廠的電話，是來自什麼地方的追蹤網。」

方局長嚴肅的聽著，道：「不錯，這是積極的措施。」

「我們有——」高翔翻起了手腕，看著表，「有七小時的時間可以做這些事，一切都必須以異乎尋常的速度來完成。」

方局長道：「可以的，高翔，你先去休息一下再說。」

「需要休息的是你，而不是我，局長。」

方局長苦笑了一下，不再說什麼，他和高翔雖然都需要休息，但是在如今這樣的情形下，顯然是誰也不會去休息的。

召集後備警員的工作，在晚上十一時完成。午夜過後，一所無線電廣播台被徵用，警員，後備警員，每七人一組，分成了一千零三十四組，已遍佈在全市的每一個角落，電話的追蹤網也已經建立了，胡法天若是打電話來，半分鐘之內，就可偵知電話來自何處。

方局長只消一下命令，持有原子粒收音機的七人一組警員，立時可以知道胡法天是不是在自己所負責的這一區域之內。

而其餘就近地區的警員，也可以迅速接近。

在這樣嚴密，空前龐大的搜索網下，胡法天實在是難以逃出去的，所以，當一切佈置就緒之後，煉油廠廠長辦公室中，氣氛也開始緊張起來。

這時，已是凌晨一時了。

胡法天說過，在炸藥爆炸前四小時，他會打電話來談條件的。炸藥的定時是二十四小時，將在清晨八時爆炸，也就是說，四時正時，他將打電話來。

七八千人徹夜不眠地等著這一通電話。

在廠長辦公室中，除了方局長、高翔和其他兩個高級警官，以及軍方的爆炸專家之外，還有廠長、工程師，以及剛由外地趕到的董事長，和七名董事。

日新煉油廠董事會的首腦已全在這裡了。這些人全是出名的富翁，但這時他們卻並不快活，因為他們的事業面臨被毀滅的危險，這怎能令得他們不憂心如焚。

廠方的巨頭雖然很少交談，但是他們臉上的神情，以及他們對警方人員那種過分的冷漠態度，卻叫人一看便知道他們的心中在想些什麼。

他們想妥協！

他們也在等那個電話，但是他們不相信警方能夠捉到胡法天，能夠止住這一場爆炸，所以他們準備向胡法天妥協了！

不論胡法天開出的條件多大——他們心中想，那總比整座煉油廠全遭到毀滅好很多。

方局長和警方當然不會同意他們這種想法的。

但是方局長卻沒有出聲，他只是不斷地踱來踱去，緊鎖著雙眉，在燈光下看來，就是這一夜的工夫，他頭上的白髮便像是添了不少！

當警方人員忙碌的時候，木蘭花和穆秀珍兩人並沒有參加。這時，她們兩人也不在廠長辦公室，而是在原油運輸部的範圍之內。

她們兩人在那裡，已經有三個小時了。

由於顧大章是這一部門的工頭，所以她們才來到這裡的，木蘭花先向熟悉顧大章的人。詢問有關顧大章生活的一切細節。

她是想在顧大章的生活習慣上得出這個人的性格，從而推斷他將炸藥放在什麼地方，但是木蘭花沒有什麼收穫。

接著，木蘭花便開始在原油運輸部門，進行搜索。

她的搜索是如此之仔細，經過一小時之後，她已經可以肯定，炸藥並不在她曾經搜索過的範圍之內，她放棄了搜索。

當她和穆秀珍兩人再度踏進廠長辦公室之際，已是凌晨三時了。

她們才一推開廠長辦公室的門，便覺得氣氛不怎麼對。

油廠的董事長——他是一個面貌十分威嚴的老者，也是最高議會中十分有勢力的議員，和方局長兩人都站著，兩人都面紅耳赤。

看來，他們兩人剛經過了場爭執。

木蘭花裝著若無其事地在一張沙發上坐了下來，董事長氣呼呼地望了她一眼，又轉向方局長，道：「煉油廠是我的，我有權處理一切！」

方局長毫不客氣地說道：「我不信閣下如此缺乏常識，這是警方管的事，一切將由警方作主，包括——」

方局長的話還未曾講完，董事長便氣勢洶洶地問道：「包括什麼？」

木蘭花則以十分安詳的聲音接上了口，道：「包括在必要的時候，將一切原油、火油、低級汽油、高級汽油以及石油氣一齊排到海中的措施。」

董事長霍地轉過身來，道：「不可能！」

木蘭花的聲音仍是十分安詳，顯然她根本不願意在這個問題上多浪費唇舌，她道：「不可能也要變作可能，警方將決定一切！」

「小姐，」一位瘦削的董事陰森地道：「你是什麼人？你是警方人員麼？」

「不是！」木蘭花回答得十分簡潔。

「那麼，小姐有什麼資格代表警方說話呢？」

「警方請我參加搜索工作，我自然有權表示我的意見，」木蘭花十分鎮定的回答，「當然真正的決定，是要由方局長作出來的。」

在木蘭花的臉上，看不到絲毫惱怒的神色，但是高翔和穆秀珍卻都忍不住了。高翔首先不客氣地道：「先生，你這樣詢問一個不計較個人得失，為市民除害的女士，實在是一件極為卑鄙的事情！」

那瘦削的人面上一紅，他顯然惱羞成怒了，但是他還未曾發作，董事長便擺手道：「別說了，等一會，那姓胡的打電話來，由我來接！」

「不行！」方局長大聲反對。

「一定由我來接！」董事長聲勢驚人。

高翔十分悠閒地站了起來，道：「局長，這位先生一定要擾亂警方的工作，我看唯一的辦法，便是將他扣押起來再說。」

方局長的口中吐出了一個字來道：「好！」

董事長氣得面色發白，道：「你敢！」

「當然敢，先生，你犯了法，而在法律面前，是人人平等的，你明白麼？如果你不想被押，那麼，就靜靜地坐著，不要擅作主張！」

董事長可能一生之中，從來也沒有人對他用這樣的態度講過話，但這時高翔卻毫不客氣地教訓著他，使得他面上一陣青，一陣白。

他再也發不出威風了，只好氣呼呼地坐了下來。

三時三十分了。

辦公室中的氣氛，更緊張了許多。

方局長坐在電話之旁，將手按在電話機上。

9 最後機會

三時五十分了！

高翔已通過搬到油廠來的廣播設備，向散佈本市每一個角落的行動小組發出了命令：準備在十分鐘之內立即行動！

時間慢慢地過去，四時正！

「鈴——」

電話聲突然響了起來。

在每一個人都屏氣靜息的情形下，電話聲聽來是極其驚心動魄的，方局長並不立即拿起電話來，他知道電話鈴一響，電話追蹤網便開始工作了。

他讓電話鈴響了約半分鐘，直到另一具電話也響了起來，他才和高翔同時拿起電話。高翔接聽的電話，是電話公司方面打來的。

高翔聽到的是電話追蹤結果的報告：長途電話，是從鄰埠打來的。

方局長拿起了電話，聽到的是一陣笑聲。

那陣笑聲是如此響亮，連別人也全聽到了。

高翔頹然地放下電話，一切佈置全白費了，胡法天竟已離開了本市，到了鄰埠，然後再打長途電話來，所有的行動小組皆是鞭長莫及！

胡法天在發出了一陣笑聲之後道：「是誰在接聽電話？是高主任？還是可愛的女黑俠木蘭花？」

「我姓方！」方局長沉聲回答。

「原來是方局長，那更好了，對不起，我又和你們開了一個小小的玩笑，我離開本市了，我想你們一定盡了點心血作佈置，現在都沒有用了，是不是？」

方局長並不多說什麼，只是道：「胡法天，這是你前來自首的最後機會，你闖的禍已然十分大，如果再不自首，那你就是在自尋死路了！」

「哈哈哈……！」胡法天又放肆地笑了起來。

董事長突然站了起來，大叫道：「快問他，條件是什麼，在你們一敗塗地的情形下，勸人自首，不是癡人說夢話麼？」

方局長的面色十分難看！

胡法天顯然已聽到了董事長的聲音，他又笑了起來，道：「不錯，講得對，我的條件是要木蘭花、高翔、穆秀珍三個人，到我這裡來。」

方局長默不作聲。

木蘭花已陡地站了起來。

「聽到了沒有？」胡法天的聲音極其囂張。

木蘭花從方局長的手中接過了電話，鎮靜地道：「聽到了，你在什麼地方？我們怎樣才能來到你在的地方？」

「很簡單，你們到四十九號碼頭去，那裡有一艘遊艇，會將你們帶來和我見面的。當我處置了你們三人之後，再提第二個條件。」

「第二個條件是什麼？」

「當然是錢了！哈哈，我看你們也應該開始準備大量現鈔了，當然，上品的鑽石，翡翠，寶石以及白金，我也收的。」

「你——」木蘭花只講了一個字，胡法天便「卡」地收了線。

木蘭花拿著電話筒，又呆了半晌。

方局長不等木蘭花先開口，便道：「蘭花，別去，他對你們三人恨之入骨，你們這一去，無異是送入了虎口之中。」

木蘭花慢慢地放下了電話，然後，十分動人地微笑了一下，道：「方局長，你錯了，胡法天這一次，太聰明了，反倒下錯了棋。」

「你的意思是——」

「本來，我們全然沒有他的線索，只好聽憑他勒索，或是煉油廠方面，要蒙受極大的損失，但如今情形卻不同了，我們可以和他見面了。」

「可是，他是一定有準備的。」

「雖然他有準備，難道我們就沒有準備？而且，我們三個人在一起，胡法天以為那麼容易便可以『處置』我們，那他是在做夢！」

方局長望了望木蘭花，又望了望高翔和穆秀珍。

高翔和穆秀珍兩人雖然一句話也未曾說，但是一個勇者，是不需要喋喋不休，或是高聲吶喊來增加勇氣的。誰都可以從他們兩人的神色中，看到他們兩人心中的決定，那便是：

去，不顧一切危險，去和歹徒周旋到底，不怕一切危險！

方局長嘆了一口氣，才徐徐地道：「我明知勸你們也是沒有用的，我只有一句話說了，小心些！小心些！小心些！」

方局長一連講了三次「小心些」，之後頓了一下，他的聲音哽咽，陡地轉過頭去。

木蘭花保持著鎮定，道：「我們知道了。」

她向高翔和穆秀珍使了個眼色，三人一齊向外走去，他們剛來到門口，便聽董事長叫道：「三位且慢一步。」

三人站住了身子，轉過身來。

董事長神情激動，口唇抖動，他分明是有話要說的，但是因為太過激動，而變得講不出話來。他心中實是太感動了。

足足僵了一分鐘，他才在自己的頭上敲打了起來，道：「我太卑鄙了，太自私了，在三位之前，我實在是太渺小了！」

木蘭花淡然地笑著，道：「董事長，你不必這樣自責，站在你的立場來說，最重要的自然就是日新煉油廠。但如果你肯將目光放遠大些，你便可以進一步知道，財富只不過是過眼雲煙，還有許多東西卻是與世永存，永世不滅的。」

董事長慚愧地點著頭，道：「是！是！」

木蘭花、高翔和穆秀珍一齊走了出去。

他們，被稱為「東方三俠」的三個勇敢的人，毫不猶豫地去應世界上最危險的約會，那可以說是一個名副其實的死亡約會！

離開了辦公大樓，他們三人又上了車，逕向四十九號碼頭駛去，四十九號碼頭是一個十分荒僻的地方，一面是水，一面全是高大的貨倉。

當他們到達的時候，那些一幢幢高大的貨倉，看來就像是隨時可以將他們吞噬的野獸一樣。

他們停下了車子，等著。

可是，他們足足等了三分鐘，碼頭上仍是冷清清地，一個人也沒有，並不像胡法天所說的那樣，會有人來領他們前去。

高翔先說道：「讓我下去看看。」

木蘭花道：「小心。」

高翔推開車門，向外跨了出去，幾乎是他才一現身，槍聲便響了。高翔的身子立即向外滾出，槍聲再響，三響！

槍聲是從一間貨倉上面傳來的，槍手所使用的一定是遠端射擊的來福槍，而且一定配有紅外線遠端瞄準器，因為三槍都射得十分準。

第三槍射中了汽車的油箱，汽車突然起火燃燒，木蘭花和穆秀珍兩人一齊從車中滾了出來，滾到高翔的身邊。

高翔立即道：「那是一個第三流的槍手，他並沒有射中我，我們快退。」

三人在地上滾著，向後退去。

這時，分佈在全市每一個角落的行動小組還未曾收隊，他們三人看到，至少有三組行動小組向發出槍聲的倉庫奔去。

他們三人退到了水邊的一個簡陋建築物之中。

那簡陋的建築物，是機動快船的租賃所，這時當然沒有人在，他們跳了進去之後，伏著不動，不一會，便看到一個男子被一隊警員擁簇著帶了出來。

高翔立即向前奔去，到了警員和被捕的那個男子面前，等到高翔就著街燈，看清了那個男子之際，他的手心不禁滲出了冷汗來。

那是一個著名的槍手，是有著「神槍手」之稱的。

剛才，他在三槍之下逃生，還曾幽默地講過笑話，但這時他看清原來有槍手之稱的著名凶徒時。他才知道自己的運氣實是好得不能再好了！

高翔一露面，警員便立時向他致敬，高翔吩咐他們各歸崗位，而將那名槍手帶著，回到了小房間之中。

木蘭花一看到那槍手，心中不禁暗叫了一聲：「好險！」

穆秀珍失聲道：「好哇，神槍標原來是你。」

那槍手傲然道：「是我。」

「神槍標，」穆秀珍有點奇怪，「聽說你是百發百中的，何以這次眼界如此之差，連射三槍，只射中了一輛汽車？」

神槍標沒有再說什麼。

他的確是百發百中的，但是當他知道今晚要槍殺的是東方三俠的時候，他緊張得一直在發抖，不論他怎樣鎮定，他一直在發抖！在發抖的人，怎麼能射中目標呢？反倒是這時候，他被捉住了，繳了械，面對著「東方三俠」，他反而鎮定起來，不再發抖，他心中實是惱恨之極，但已沒有用了。

木蘭花向穆秀珍使了一個眼色，示意她不要再講下去，道：「神槍標，你槍殺我們，可以得到多少代價，照直說。」

神槍標道：「如今是什麼也拿不到了。」

「如果成功了呢？」

「三十萬。」

「哈哈，我們的命還算值錢，」木蘭花臉色突然一沉，道：「行了，如果你成功了，怎樣通知胡法天，說！」

神槍標的面色大變，一聲不出。

「神槍標，這是你唯一的機會了，你不想在監牢中度過你的下半生吧，是不是？而且據我所知，牢中有很多人正是將你恨之入骨的！」高翔的聲音雖低，卻足以令得對方心悸不已。

「我……打一個電話通知他。」

「什麼號碼？」

「是長途電話，C市的，七一一四五號。」

木蘭花向高翔使了一個眼色，高翔立時拿起了電話，接通了電話局，道：「請代向C市的電話當局詢問，七一一四五號電話的地址。」

他放下了電話。木蘭花道：「好，那麼請你現在打電話給他，將聲音放得愉快些，告訴他，你的任務已完成，我們三人已曝屍街頭！」

神槍標的手又發起抖來。他先撥了打長途電話的號碼，接通了電話局，然後，在五分鐘後，木蘭花三人都聽到電話中響起了一個熟悉的聲音，那便是胡法天的聲音。

「喂？」胡法天問。

「阿標。」

「事情怎樣？」

「很順利，三條魚都醃成了鹹魚。」

「你檢查過了？」

神槍標望了一下在面前的活生生的「東方三俠」，一咬牙，道：「是，沒有錯的，我的另一半報酬，在什麼地方收取？」

「放心，少不了你的，我再和你聯絡好了。」

胡法天先收了線。

高翔在神槍標的手中接過了電話，按了一下，再打電話局，地址已得到了！

C市與本市的距離並不遠，但為了事情有變，他們還是借用了一架水陸兩用的小型飛機。在他們起飛之前，木蘭花將一切報告了方局長。

她料定胡法天必然會再向方局長通電話的，她要方局長盡量和他拖延通話的時間，那樣，便可以使胡法天繼續留在那個地址中……

飛機起飛時，已有一絲晨曦了。

這是不是象徵著事情已開始現出光明了呢？三個人誰也不敢料定！

飛機是在靠近C市的海面上降落的。

方局長早已和C市的警方聯絡過了，所以飛機才一降落，便有兩艘水警輪駛了過來，C市的洪警官和高翔等三人見了面。

洪警官帶給他們三人的，是一個令得他們極其興奮的消息，C市的警員和幹探已經包圍了那個地址，沒有什麼人可以通過的。

木蘭花、高翔和穆秀珍深深地吸了口氣，木蘭花站在水警輪的面前，海風將她的長髮吹拂得很亂，高翔站在她的身邊，暗暗替她理著亂髮，穆秀珍則在向C市的警員高談闊論，只聽得她一個人的聲音。

他們的心情都十分輕鬆，因為胡法天就快要就逮了！

上了岸，他們並不動用警車，只是由洪警官相陪，乘了一輛黑色的房車，按址前去。洪警官的話，證明神槍標的口供是可靠的。

因為那個地址一直受著警方的注意，原因是常有無線電波自那地址發出來，警方懷疑有人在私設電台，曾經搜尋過一次，卻沒有結果。

C市警方的搜尋沒有結果，那絕不是他們的無能，胡法天所設計的無線電台，可以小到只有鈕扣那麼大，誰會想得到？

胡法天是一直以那地址為另一個巢穴的，那麼，這次他一定是逃不走的了。

車子穿過寂靜的市區，來到了半山的道路上。

半山的公路更寂靜了。可是，在轉過了一個彎之後，卻突然聽到喧嘩的人聲，前面一間華麗的別墅中，燈火通明。

洪警官陡地停住了車子，對著車中的無線電話叫道：「二號，二號，我是三號，你監視的結果怎樣，前面在做什麼？」

從無線電話中，傳出了另一個聲音：「自午夜起，這裡就在舉行舞會，一直到現在，我看，鄰市方面的情報或者不對了。」

洪警官回過頭來、望了望木蘭花等三人。

「不會錯的，」木蘭花鎮定地回答，「請你們繼續包圍監視，我們前去看看動靜。」

她翻腕看了看手錶，已是清晨五時四十分了。時間極其緊迫，如果到七時四十分仍不能找到胡法天的話，那麼一切希望都沒有了，煉油廠方面便得準備犧牲了。

事實上，根本不可能等到七時四十分的，因為如果煉油廠方面要準備犧牲的話，必須先將一切易燃品洩去，運走，那應該現在就開始進行了。

所以，他們實在是不能失敗！

他們若是失敗了，只能造成兩種情形，一是發生大爆炸，繼之是史無前例的大火；另一個便是接受胡法天的條件，付出巨額的金錢，從此邪氣高張！

這兩種結果，都是他們絕不願意看到的。

所以，事實上他們只能成功，不能失敗！

他們一齊下了車，向前走去，一路上十分之靜，靜得可以清楚地聽到前面別墅中傳出的笑語聲，他們一直來到了圍牆之外，略一縱身，便一齊上了牆。

他們身子伏在牆上，向內看去。

圍牆之內，是一個相當大的花園，燈火通明的大廳，靠花園的一面，全是落地玻璃長窗，大廳中有幾十對男女正在飲酒取樂。不但是樓下大廳燈火通明，樓上好幾間房間也是一樣，而不時有打牌聲傳了出來，看情形，這是一個通宵狂歡會。

「蘭花姐，這是怎麼一回事？」穆秀珍問。

「那是胡法天故意佈置的，他一定在這屋子之中，我們跳進去之後，掩到屋前，你們兩人先伏在外面的冬青樹中，待我先上樓看個究竟。」木蘭花吩咐。

「蘭花，」高翔表示反對，說：「你不能單獨行事。」

「高翔，如今不是開會議討論應該怎樣做的時間，你難道未曾想過，我們只有很少的時間可供利用了麼？」木蘭花一面說，一面已向下跳去。

她才一落地，便矮著身向前衝了出去。

她一直衝到了屋外的冬青樹叢，才停了下來。

當她停住身子之後，高翔和穆秀珍兩人也到了。

木蘭花再躍起身來，到了牆下，她一抖手，拋出一條繩索，繩索的小鉤恰好鉤住二樓的窗口，木蘭花迅速地向上爬去。

這時，高翔和穆秀珍兩人更是緊張，他們握定了槍，抬頭看著，準備一有對木蘭花不利的情形出現，他們便立即先發制人。

但是，直到木蘭花攀上了二樓的窗口，已開始向內張望了，仍然沒有什麼動靜，看樣子，洋房中的人根本不知道來了不速之客！

木蘭花向窗內看去，裡面正開著兩桌麻將。

她沿著牆上凸出兩吋許的一道橫沿，向旁移動著，一連經過了三間房間的窗口，都是如此，當她經過了第三個房間之後，她已繞到了洋房的後面。

那一邊，有幾個窗口是漆黑的。

木蘭花來到一個鑲著磨砂玻璃的窗口之旁，停了下來。通常來說，鑲這種玻璃的窗子，一定是浴室的窗子。木蘭花貼耳在玻璃上聽了一下，裡面沒有什麼動靜。

這時，她看到高翔和穆秀珍兩人也沿著繞屋而種的冬青樹叢，來到了屋後，她向兩人做了一個手勢，又向那窗子指了一指。

她在告訴兩人要從這個窗子中攀進去之後，便用力推了推窗子，窗子關著，她取出了玻璃刀來，畫了一個圓圈。然後，她輕輕一敲，一塊圓形的玻璃順手而脫，恰好可以供她伸進手去。

木蘭花伸手進去摸索著，拉開了窗柱，推開窗子。

那果然是一間浴室。木蘭花跳了進去，拉開了浴室門，只見門外是一條走廊，有個男僕正走過來。木蘭花躲在門後，等那男僕走到門旁，她立時以極快的動作打開門，一伸手，便將那男僕拉了進來。

同時，她手中的槍已抵住了那男僕的前額，那男僕張大了口，也不知他本來是想叫些什麼的，但是這時，他已一句話也講不出了。

他雙眼發定，望著木蘭花。

木蘭花關上了浴室的門，冷冷地道：「胡法天在哪裡？」

「胡……胡法……天……」那男僕結結巴巴，「我……不知道……今晚客人那麼多，我不知道……誰叫……胡法天？」

木蘭花冷笑了一聲，道：「別裝腔作勢了，我問的是你們的主人。」

「我……主人在樓下招呼客人，他……是個大胖子，你一看就可以知道了，不干我的事，你……快將我放開了吧？」

「你再不說我就下手了！」木蘭花厲聲逼問。

「我……我的確不知道，殺了我……也沒有用的。」

木蘭花不願再多耽擱時間，而且，看情形，這個男僕也不知道什麼。她在那男僕的頭部重重地敲了一下，使那男僕昏了過去。

然後，她除下那男僕身上白色的制服，穿在自己的身上，又取出了一個男裝髮型的髮笠，戴在頭上，出了浴室。

10 決戰時刻

她在走出浴室之際，用鐵絲在鎖匙孔上勾了一下，倒鎖住了門，那樣，除非是那個男僕醒來，外面是打不開門來的。而那個男僕，木蘭花深知他在一小時之內是不會醒過來的。

木蘭花若無其事地向前走著，她已留意到二樓一共有九個門口，九個門口中至少有三個浴室，還有六間房間。木蘭花幾乎可以斷定，胡法天必然是在這九個房間中的一個之內，是以她將每一間房間的門都拉開來看一看。

每間房間中都有人在賭錢，木蘭花探頭進去觀看，可以說根本沒有引起任何人的注意，但是，幾間房間全都看遍了，都沒有胡法天。

木蘭花的心中也不禁暗暗著急了起來。

難道神槍標是在說謊？那顯然不是，這個地址是根據神槍標的一個電話找出來的，而神槍標的確曾和胡法天通過話。

那麼，胡法天早得了消息，已經逃走了？

這看來也是不可能的，胡法天只是接到了神槍標的電話，他應該相信神槍標不會失手的，那麼，他更應該躊躇滿志。

可是，為什麼他不在呢？

木蘭花在審視了最後一間房間，退出來之後，心中急速地想著。她可以利用的時間不多，只要胡法天躲過那時間，他就勝利了。

木蘭花剛想退出洋房去，和洪警官商量一下，派出大批警員，公開搜屋之際，突然聽得背後傳來了「刷」地一聲響。

那一下聲響十分輕微，聽來像是有什麼東西被移了開去一樣，也就在那一剎間，木蘭花陡地明白了！

她這時站在走廊中，正站在一幅相當大的油畫面前，毫無疑問，那是油畫向外移動的聲音，油畫是一道暗門。

木蘭花以最快的速度轉過身來，一個人恰好從暗門中跨了出來，幾乎和木蘭花撞個滿懷，由於那人出來得極其突然，是以木蘭花也未曾看清他究竟是什麼人。

但是木蘭花卻不肯放過這個機會，她陡地一伸手，抓住了那人的手腕，一轉身，身子一俯一挺，將那人摔得向牆上撞了過去。

那人的後肋剛好撞在牆上，發出的聲音並不大，比起一間房間中發出的「自摸滿胡」的哄笑聲來，更是微不足道。

但是那一撞的力道卻是十分大，令得那人的身子立時軟垂下來，坐在牆角昏了過去。木蘭花向那人望了一眼，心中不禁陡地吃驚！

那人不是別人，竟是空手道高手木村谷！

木蘭花深深地吸了一口氣，她出其不意的敵人，竟是木村谷！

如果她早知道自己一轉身，木村谷便從暗門中走出，向自己撞來的話，那她一定不敢動手，立即向後退出。向後退出固然可保不為木村谷所傷，但是想要一下手便擊昏木村谷，那也是不可能的事了。

由此可知，有時一件事明明是有成功希望的，但因為缺乏了勇往直前的本領，所以反而失敗了。

木蘭花一看到是木村谷時，一呆之後，立時又跳上去，在木村谷的後腦補了重重的一掌，然後，她向暗門中張望了一下。

暗門內的光線相當黑暗，向內望去，可以看得出那是一條窄窄的甬道，有著一級一級的樓梯通向上面去，木蘭花心中「啊」地一聲，她明白胡法天真正藏匿的所在了！

胡法天不是在二摟，而是在屋頂之下，二樓之上！

那幢洋房只有二樓，但是它的頂卻是尖角的，在那個三角尖中，大可以佈置一間極其舒服的房間。

木蘭花拖著木村谷跨進了暗門，她輕輕地將暗門移上，然後，迅速地向上走去，她的行動可以說是一點聲音也沒有。

到了樓梯的盡頭，看到有兩扇房門。那兩扇門，都緊緊地關著。

木蘭花的心中也不禁十分緊張起來，因為胡法天是她歷來所遇到的敵人中，最難對付的一個，而這時，已是面臨和胡法天決戰的時刻了！

胡法天必然在這兩扇門中之一的裡面，但究竟是哪一扇呢？自己若是選擇了正確的一扇門，陡地推進去，自然可以出奇制勝。

但如果選擇錯誤呢？

那麼也必然驚動了胡法天！

如果胡法天再逃走的話，時間已不允許自己再取勝了。

木蘭花的心中一面在急速地考慮著，一面並沒有停止行動，她躡手躡足地向前走去，先到了左首的門旁，用一個半圓形的橡皮塞貼在門上，然後，俯耳在那橡皮塞上聽著。

那橡皮塞中有著微波感應膜，最弱的聲波也可以使這感應膜震動，因之，就算那門是隔聲的，木蘭花也可以聽到室內的動靜。

她用心地聽著，緊貼著門。

可是，就在她聽到了似乎有腳步聲在向門口接近之際，突然間，房門打開了！

木蘭花是緊貼著房門站立的，房門被突然打開，她並沒有狼狽到跌進房間中去，她只是看到面前陡地多了一個人，她突然起飛腳，正踢中了那人的小腹。

那人發出了一下嗥叫聲，向後倒去。

木蘭花那一腳十分有力，不但將那人踢倒在地，而且還令得那人坐倒在地板上之後，向後滑出了四五呎去。

正當木蘭花想看清那人是誰時，「撲」地一聲，裝有滅音器的槍聲響起，木蘭花只覺得右手突然一震，並不是她右手中槍，而是她手中的槍管被射中了！

她手中的槍被毀了！

接著，便看到那人掙扎著站了起來。

木蘭花踢中他小腹的那一腳，顯是極其沉重，但是那人在受了重創之後，卻能立即發槍，而且，槍法還如此之準！

這使木蘭花覺得這個敵人不平凡。

而這時候，她已看清了那是什麼人了，那人面色慘白，但是狠毒，手中緊緊地握著槍，槍口對準了木蘭花，正是胡法天。

在胡法天的槍口指嚇之下，木蘭花暫時也不敢動。

兩人僵持著，連空氣也緊張得如凝結了一樣。

胡法天首先開口，因為小腹上的疼痛，他的聲音有一點變樣，他怪聲笑了起來，道：「蘭花小姐，我不能不佩服你，你居然沒有死，而且找到了這裡！」

「是麼？」木蘭花一面敷衍他，一面在想辦法。

「你找到了這裡，那也就是說，你找到了一所好墳墓。」胡法天咬牙切齒，「幸運之神絕不會再光顧你的了，木蘭花！」

胡法天臉上的神情立即使木蘭花知道，他這次是再也不肯放過自己的了，她立時身子向後一仰，向下倒跌了下去！

木蘭花本來就是站在門口的，她向後一倒，身子立時向樓梯之下滾了下去。

槍彈呼嘯著在她的頭飛過，胡法天已追到了門口。

木蘭花滾到了地上，一伸手，將木村谷提了起來。

木蘭花對木村谷本來是十分尊敬的，但是如今這樣的情形之下，她卻沒有法子顧全木村谷，她提起了木村谷，木村谷寬厚的身子擋住了她。

也就在她剛一將木村谷提起之際，木村谷的身上便中了四顆子彈，木村谷在昏迷中死去，總算沒有痛苦。

木蘭花和木村谷一齊倒了下來，她仍然托著木村谷。

暗門之中的光線十分黑暗，在上面看來，只看到一個人中了槍，倒了下去，卻是看不清中槍倒下去的究竟是什麼人，更看不清在中槍的人身後，另有一個人。

胡法天以為木蘭花已被自己射倒了，他反常地怪笑著，笑聲尖銳得驚人，同時，他向下面直衝了下來。

他的小腹上仍在劇痛，因之，他幾乎是跌跌撞撞落下來的，也就在他一到近前之際，木蘭花猛地推起木村谷，木村谷像是復活了一樣，舞著雙臂，向前撲了過去。胡法天陡然地吃了一驚，又射了一槍。

那一槍的子彈，又陷進了木村谷的屍體之中。

而木蘭花也在那時貼地滾出，抱住了胡法天的雙腿，猛地一拉，胡法天站立不穩，身子仰向後跌倒，撞在石級之上。

木蘭花推開了壓在胡法天身上的木村谷，又在胡法天的右額之上重重擊了一掌，然後，拖著胡法天，出了那道暗門。

木蘭花出了暗門，才發現高翔、穆秀珍已經會同洪警官，帶領著警員，一齊闖進來了，整幢洋房之內，雞飛狗跳，亂成了一片。

洪警官首先看到木蘭花，他高叫了一聲，穆秀珍立時轉過身，向她撲了上來。高翔接著替胡法天加上了兩副手銬，一副手銬銬住了胡法天的雙手，另一副則一邊銬住胡法天的手腕，一邊銬在他自己的手腕上，以防胡法天再逃走。

而洪警官早已準備了大盤水，向胡法天兜頭淋了下去，胡法天慢慢地睜開眼來。他睜開眼來，一看到眼前的情形，臉色不禁一變。

但是，幾乎是立即地，他臉上又現出了一片奸狡神色。

胡法天面上神情瞬間的變化，別人都未曾留意，但是木蘭花卻看在眼中，她心中暗暗一奇，可是一時之間，她卻不明白那是什麼意思。

高翔冷笑一聲，道：「胡先生，你醒來了？好了，你應該有點君子風度，可以認輸了。」

胡法天四面看看，抬起雙手來，看著自己手上的手銬，面上茫然的神色更甚，道：「這是怎麼一回事？你們是幹什麼的？」

胡法天居然會在這樣的情形之下講出這樣的話來，的確令得眾人大是愕然，穆秀珍首先喝道：「喂，你裝什麼蒜？」

胡法天仍然搖著頭，道：「這裡是什麼地方？我為什麼會在這裡？我……我究竟是什麼人？我為什麼一點往事也不記得了？」

高翔和穆秀珍兩人面面相覷。

胡法天患了失憶症，一定是木蘭花下手的時候太重了些，所以使他的腦部受了震盪，是以他才會失去了記憶的。

他們兩人全那樣想，但是木蘭花卻不。

木蘭花是曾經留意到胡法天才一醒過來之際，面上那一剎那情景的變化的，她知道胡法天一開始看清了目前的情形，便立即假扮患了失憶症！

胡法天的確是個狡猾到極點的傢伙，因為他知道，人類的醫藥水平還十分可憐，人腦方面的毛病，更是令人束手無策。世界上沒有任何專家可以憑藉醫藥方面的檢查，來判斷一個人是真的患了失憶症，還是假的患了失憶症。

在那樣的情形下，胡法天至少可以矇混過一個時期，即使在大爆炸發生之後，他也可以暫時逃避法律的審判的！

木蘭花的心中不禁感到異常的憤怒，胡法天太狡猾了，她絕不能讓他得逞。

木蘭花來到了胡法天的面前，冷笑著道：「胡法天，別做戲了，你對你的往事記得比誰都清楚，炸藥在什麼地方？」

胡法天一味搖頭，道：「你們究竟做什麼？我犯了什麼罪，這位小姐，我認得你麼？我未曾見過你啊，為什麼你對我那麼凶？」

木蘭花一伸手，握住了他的手臂，道：「胡法天，不論你怎麼狡猾，你是絕難逃法網的，炸藥藏在什麼地方，快說！」

胡法天嘆了一口氣，道：「我是一個犯罪分子？我叫胡法天？是不是？但是抱歉得很，我實在不知道以前的事了。」

高翔急得額頭上出汗，他看了看時間，已經六點零五分，天已開始亮了，可是胡法天卻說他什麼也不記得了，更要命的是，根本沒有什麼有效的方法，可以證明他是不是真的失去了記憶。而看他的情形，他就算是假裝的，也是豁了出去，不肯說出來的。

高翔低聲道：「蘭花，我們怎麼辦？」

木蘭花目光灼灼地望定了胡法天，胡法天卻仍然是一臉茫然的神情，木蘭花一字一頓地道：「胡先生，你還要做戲做下去麼？」

「我不知道你在說些什麼，小姐。」

「好的，我們回去。」

「蘭花姐，我們回到什麼地方去？」

「煉油廠！」木蘭花的回答十分之簡單。

高翔和穆秀珍互望了一眼，兩人都不知道木蘭花這樣安排究竟是什麼意思，他們只好將這個疑問存在自己的心頭中。

他們兩人的心中實在是極其焦急，但是木蘭花鎮定的神色，卻給他們以一定程度的安慰，使得他們很寬心。

他們離開了那幢洋房，洪警官則留了下來，處理那一大批在滿懷高興之際，突然被警員衝進來弄得驚慌失措的男男女女。

等到木蘭花、高翔和穆秀珍三人帶著胡法天回到本市時，已是七時十分了，胡法天在一路上雖經嚴詰，但是他仍然說什麼也記不得。

木蘭花在車子將到煉油廠之際，便開始沉默，一直到見到了方局長和董事會的全體人員，她才道：「各位，胡法天就逮了。」

方局長是早已得到消息的，因之他第一句話便問道：「他肯承認恢復記憶了？」

「沒有。」

「唉，時間已不多了啊。」

「我有辦法。」木蘭花沉著的吩咐，「通知所有人員，一律撤退。」

「撤退？」每一個人都現出奇怪的神色來。

「蘭花，易燃的油料還全在油庫之中！」

「我知道，通知所有的人，在十分鐘之內完全撤退，離開油廠的範圍，同時，通知全市的警員、軍方，醫護人員，滅火局工作人員最壞的打算，八點鐘將有大爆炸，而你——」

木蘭花講到這裡，向胡法天指了一指，「將是第一個看到這場由你所佈置的大爆炸的人。」

「小姐，直到如今為止，我實是不明白你說些什麼！」胡法天仍然狡賴著。

「你不明白，我可以詳細地告訴你，我將你鎖在一座油庫之旁，爆炸發生，第一個被活活燒死的人是你，明白了麼？」

胡法天仍是搖頭。

「如果你不想那樣死去，那麼，你就必須在七時四十分之前，講出炸藥的所在，二十分鐘是我們趕到的最短時間，我會給你一具無線電通話機的。」

木蘭花拉著胡法天，便向外走去，而撤退令也已下達，大批大批的人向廠外湧去。

七時十八分，胡法天被鎖在一座油庫之旁。

七時二十五分，撤退完全。

木蘭花、高翔、穆秀珍和方局長，以及煉油廠董事會的人，都集中在廠門之外，據專家估計，屬於暫時安全的範圍之內。所謂暫時安全，就是說如果爆炸真的發生，在發生的一剎那間，他們可以不會被波及，而繼之而起的大火，究竟會蔓延到什麼程度，是無可估計的！

每一個人的面色都青得可怕，沒有人講話。

時間慢慢地過去，高翔手中握著的無線電對講機，已被他手心所滲出的汗水濕透了。

胡法天是不是會最後屈服呢？

這是每一個人心中都急切想知道的問題。

七時四十分過去了，連木蘭花的鼻尖上也滲出汗珠。終於，胡法天的聲音，從無線電對講機中傳了出來，他聲音嘶啞，叫道：「快，快，炸藥在辦公大樓前的荷花池中！」

高翔和木蘭花以最高的速度，騎著摩托車向廠門衝去。

荷花池，那是誰都會忽略的地方，誰會想到胡法天在將炸藥經過了特別裝置之後，會放在荷花池中！炸藥和水本是聯繫不起來的。

荷花池水並不深，等到木蘭花和高翔合力將之撈起來的時候，軍火專家也趕到了，引發炸藥的自動裝置被拆除。

那時，是七時五十九分。

而自動爆炸的裝置，的確是八時正。

而且，在炸藥箱中還有另一些裝置，的確是接受輕微無線電波感應，便引起提早爆炸的——木蘭花料得不錯，胡法天講的，俱是真話！

在漫天風雨過後，木蘭花望著被帶上警車的胡法天，嘆了口氣道：

「所有為非作歹的人，都以別人作為受害的對象，所以他們才為所欲為。到了有一天，受害的對象變成了他們自己時，那麼，他們便再也不會作惡了。胡法天終於說出炸藥的所在處，就是這個原因！」

她這一番的聽眾，包括了煉油廠的董事，以及湧在她身邊的許多報紙的記者，聽的人都頻頻點頭，嘆服她的見解。

請續看《木蘭花傳奇》8 透明人

倪匡奇情作品集

木蘭花傳奇 7 神鬼交鋒（含：電子盜、對決）

作　者：倪匡
發行人：陳曉林
出版所：風雲時代出版股份有限公司
地址：10576台北市民生東路五段178號7樓之3
電話：(02) 2756-0949
傳真：(02) 2765-3799
執行主編：朱墨菲
美術設計：許惠芳
業務總監：張瑋鳳
出版日期：2023年9月
版權授權：倪匡
ISBN ：978-626-7303-68-9
風雲書網：http://www.eastbooks.com.tw
官方部落格：http://eastbooks.pixnet.net/blog
Facebook：http://www.facebook.com/h7560949
E-mail：h7560949@ms15.hinet.net
劃撥帳號：12043291
戶名：風雲時代出版股份有限公司

風雲發行所：33373桃園市龜山區公西村2鄰復興街304巷96號
電話：(03) 318-1378　　傳真：(03) 318-1378
法律顧問：永然法律事務所 李永然律師
　　　　　北辰著作權事務所 蕭雄淋律師

行政院新聞局局版台業字第3595號 營利事業統一編號22759935

國家圖書館出版品預行編目資料

神鬼交鋒／倪匡 著. -- 臺北市：風雲時代出版股份有限公司, 2023.05, 面； 公分.（木蘭花傳奇；7）

ISBN : 978-626-7303-68-9（平裝）

857.7　　112003894